心仪已久的经典，永不落架的好书！

作者简介

苏珊·克莱勒，1977年生于德国普劳恩，大学主修德语语言文学和英语语言文学，凭借对英语儿童诗歌的德译研究获得博士学位。她同家人生活在德国比勒菲尔德，目前为自由记者和自由作家。苏珊·克莱勒已三次获得德国青少年文学奖提名，是克拉尼西施泰因文学奖学金获得者。凭借小说《冰雪巨人》，她于2015年获得德国青少年文学奖（青少年图书类）。

译者简介

张杨，博士，毕业于北京外国语大学德语系，自2014年起任职于西南交通大学外国语学院，已出版多部译著。

冰雪巨人

[德] 苏珊·克莱勒 / 著

张杨 / 译

湖南少年儿童出版社
HUNAN JUVENILE & CHILDREN'S PUBLISHING HOUSE

生命需要力量、美丽与灯火

　　今日世界已进入网络时代，网络时代的新媒体文化——互联网、电子邮件、电视、电影、博客、播客、视频、网络游戏、数码照片等，虽然为人们获取知识提供了更多的选择和方便，但阅读依然显得重要。时光雕刻经典，阅读塑造人生。阅读虽不能改变人生的长度，但可以拓宽人生的宽度，尤其是经典文学的阅读。

1

人们需要文学，如同在生存中需要新鲜的空气和清澈的甘泉。我们相信文学的力量与美丽，如同我们相信头顶的星空与心中的道德。德国当代哲学家海德格尔这样描述文学的美丽：文学是这样一种景观，它在大地与天空之间创造了崭新的诗意的世界，创造了诗意生存的生命。中国文学家鲁迅对文学的理解更为透彻，他用了一个形象的比喻：文学是国民精神前进的灯火。是的，文学正是给我们生命以力量和美丽的瑰宝，是永远照耀我们精神领空的灯火。我们为什么需要文学？根本原因就在于我们需要力量、美丽与灯火，在于人类的本真生存方

式总是要寻求诗意的栖居。

《全球儿童文学典藏书系》（以下简称《典藏书系》）正是守望我们精神生命诗意栖居的绿洲与灯火。《典藏书系》邀请了国际儿童文学界顶级专家学者，以及国际儿童读物联盟（IBBY）等组织的负责人，共同来选择、推荐、鉴别世界各地的一流儿童文学精品；同时又由国内资深翻译们，共同来翻译、鉴赏、导读世界各地的一流儿童文学力作。我们试图以有别于其他外国儿童文学译介丛书的新格局、新品质、新体例，为广大少年儿童和读者朋友提供一个走进世界儿童文学经典的全新视野。

根据新世纪全球儿童文学的发展走向与阅读趋势，《典藏书系》首先关注那些获得过国际性儿童文学大奖的作品，这包括国际安徒生奖、纽伯瑞奖、卡耐基奖等。国际大奖是一个重要的评价尺度，是界定作品质量的一种跨文化国际认同。同时，《典藏书系》也将目光对准时代性、先锋性、可读性很强的"现代经典"。当然，《典藏书系》自然也将收入那些历久弥新的传统经典。我们希望，通过国际大奖、现代经典、传统经典的有机整合，真正呈现出一个具有经典性、丰富性、包容性、时代性的全球儿童文学大格局、大视野，在充分享受包括小说、童话、诗歌、散文、幻想文学等不同体裁，博爱、成长、自然、幻想等不同艺术母题，古典主义、浪漫主义、自然主义、现实主义、现代主义和后现代主义等不同流派，英语、法语、德语、俄语、日语等不同语种译本的深度阅读体验中，寻找到契合本心的诗意栖居，实现与世界儿童文学大师们跨越时空的心灵际会，鼓舞精神生命昂立向上。在这个意义上，提供经典、解析经典、建立自己的经典体系是我们最大的愿景。

童心总是相通的，儿童文学是真正意义上的世界性文学。儿童文学的终极目标在于为人类打下良好的人性基础。文学的力量与美丽是滋润亿万少年儿童精神生命的甘露，是导引人性向善、生命向上的灯火。愿这套集中了全球儿童文学大师们的智慧和心血，集中了把最美的东西奉献给下一代的人类美好愿景的书系，带给亿万少年儿童和读者朋友阅读的乐趣、情趣与理趣，愿你们的青春和生命更加美丽，更有力量。

《全球儿童文学典藏书系》顾问委员会

　　本书荣获 2015 年度德国青少年文学奖。作者在她的这部作品中，讲述了阿德里安和史黛拉的故事。自小比邻而居、青梅竹马的两个人，在青春期的混乱中，将他们之间的关系，带入了一个新的境界。他们之间关系的变化，以及两人之前的友谊在彼此生命中的意义，作者都以明快而细腻传神的笔触进行了描写，作者对小说中的男主角倾注了无限的爱。

　　如同安徒生童话《冰雪女王》中的加伊一样，阿德里安的心，也被恨与冷充斥。这部文学性很强、语言优美的小说，包括题目在内，都与安徒生的童话有诸多内在关联，书中有多处独到的隐喻与辞藻运用。书中所有人物的形象性格，包括成年人在内，都真实而生动，尤其阿德里安，那个一直不断长个儿的少年。在他身上，作者塑造了一个"英雄"形象，这个少年并不因为自己尚且年少懵懂、对未来无从知晓而苦恼。也许，所有青春期的年轻人，都能从阿德里安的身上看到自己：即便身形已长成，内心，却仍须成长。

对于阿德里安的这场与自己的战斗，以及最后的胜利，作者奉献出了清晰而感人的描写。

作者本人说过：我钟爱的主角，有艰难而痛楚的人生探索，而人生，最终将走向温暖和美好。

第1章

史黛拉·马龙

　　若有人坚持要一种描绘，或许一种具体的、能一定程度上解释实际情况的描绘，那么他会说，你就如此想象一下吧。想象一下大海，也许，差不多就是那样，大海风平浪静的样子。并非像明信片上那种人工刻意修饰过的大海，而是要更美。想象一下海水明蓝的色调，唯有在岸边才呈现出夜色似的黑蓝。来吧，想象一下冬日里吹来的温暖而又将秀发拂乱的风。你仔细瞧瞧，这海，零散的几个渔人，乘斑驳之舟，梳出悠长的波纹，海鸥的倒影四处游弋在水面之上。而前方的岸边，波澜不惊处，孩子们正玩水嬉闹，发了福的几个男人拿起石子打水漂，噗噜、噗噜、噗噜之后，天地间一片静谧，却又生机勃勃。试着去"看见"这一切吧，试试

吧，若他知晓如何表达这份心意，他愿竭尽所能。
你想象一下，海鸥是怎样在海的上空、在自己的倒
影上啼鸣，想象一下，雷与电是如何轰隆闪射，雨
又是如何将彩虹桥架在了海面上，这些景象，你
一五一十地想象一下。若有人要他给出一个解释，
一个或许是具体的解释，那么他会说，这并非他
物，这就是史黛拉·马龙那双含波明眸。

第2章

神秘屋

"一米九。"电话里的声音说。

"一米九，你现在就得完全清醒了。"

阿德里安想到的偏巧是史黛拉那笨拙的执笔方式，这是此刻浮现在他脑海中的第一件事，而奇怪的是，他会想起史黛拉的手指在书写时将笔一把抓，就像第一次用笔写字一样。的确，阿德里安原本有任何理由去想一些不太友好的事，毕竟他才从酣睡中被生拉活拽出来。

"史黛拉。"

"什么事？"

"行动啦，一米九，"史黛拉说，"你也现在出发，穿点东西，请接受我的诚挚问候，就是不准说'不'！"

"你那儿一切都好吗?"阿德里安一面问着,一面从床上爬起来,晃晃悠悠地走向窗边。冷,这里是如此之冷,子夜般漆黑一片,街上积着洁白的雪。阿德里安一头雾水。

"有人就在我眼皮底下搬进了神秘屋。"史黛拉兴高采烈地说着,几乎没有发错咝音,"马上过来,这儿有点儿什么不对劲,什么东西臭得很。"

就算史黛拉从乌拉圭,或者从一个不久前才有人居住的星球打电话来,就算她从地球上或宇宙空间的任何一个村庄跟他取得联系,这都完全无所谓,阿德里安也会立马拔腿就跑,边跑边将夹克从挂钩上拽下,用右手胡乱捣鼓一下头发,然后跳进眼前任何一架飞机或宇宙飞船,在五分钟之内就会到达史黛拉那儿。

史黛拉是他的邻居,住处离他仅仅几步之遥,但这却让事情显然变得更加复杂了。阿德里安从上往下打量了一下自己,瞬间意识到,他决不能这样去史黛拉那儿，就算在外面套上点什么之后也不能去。他穿着一套让人一看就觉得寒碜的睡衣，深蓝色的棉质睡衣，尽管胸前有只咧嘴笑得很陶醉的兔八哥，但衣服本身质量并不差。兔八哥没问题，真的，他很容易就能遮住。

阿德里安睡衣寒碜的一个确凿无疑的证据是，本该及脚踝的裤腿却最多只能够着他小腿肚的一半，并且还日渐上行。袖子也挺寒碜，他大部分前臂都露在外面，七颗痣、汗毛和他厌世时可以让人文上他所选的一个名字的大块裸露皮肤，都一览无余。

糟糕的是，阿德里安对于这些睡衣无能为力，而好就好在，他也压根儿不想为此做点什么。因为每一套不必在五个月后就被处理掉的睡衣，对于他妈妈来说都是一次胜利。儿子还穿着旧睡衣，就说明他近期没有长高，并且暂时还没有长成巨人，根本还没长成。

这的确是件好事。即使持续的时间总是很短，
这些总还能被穿上身的睡衣都让阿德里安的妈妈感
到心安。它们有时甚至会让她忘记被翘掉的就诊时
间，忘记丛林巨人，特别是完全忘记这个令人心生
忧虑的事实——她儿子比其同龄人高出两到七个
头。

"一米九。"阿德里安听出这个几乎未发错
咝音的声音威胁道，"你还在吗？那请马上过来一
下！"

"史黛拉？"

太晚了，她已经挂了电话。阿德里安走向镜
子，那面已经在衣柜旁挂了七年的镜子，对他来
说早就太低了。镜子映出他光溜的下巴，几厘米
的光溜肚皮，以及二者之间呼吸得过于急促的兔
八哥。

阿德里安脱下睡衣扔到床上，五分钟都没用到
就穿好了牛仔裤和带帽套头衫——都几乎是新的，

完全合身——溜进厨房，麻溜地穿上他的运动鞋，踏上已经积上雪的露台。

事情是这样的。若不考虑几次无关紧要的中断，那么可以有把握地断言，阿德里安和史黛拉就是在这儿长大的。这露台，它把位于二楼的阿德里安家和史黛拉家连接了起来，像是一座完完全全生活所必需的桥梁。

其实，甚至更准确点还可以说，露台中央那个锈迹斑斑的好莱坞秋千①，就是阿德里安和史黛拉长高的地方——或者长到中等个头，因人而异。年复一年，他们在那儿度过了冬天，身上裹着带霉味儿的毛毯；年复一年，他们在那儿度过了夏天，带着汗涔涔的笑脸，小肚皮里装的是一家离得很远的可乐厂按月生产的冰凉饮品。

————————

①原文为"Hollywood schaukel"，直译出来即"好莱坞秋千"，因为阿德里安和史黛拉常在这里听很多已被好莱坞搬上了银幕的童话故事，所以作者将这个秋千称为"好莱坞秋千"。

老年女士是史黛拉的外祖母，实际上可能有着另外一个名字。她以前老给这两个孩子读《冰雪女王》①的故事，并且每次都认为，阿德里安和史黛拉在这方面比加伊和格尔达好上一千倍，因为加伊和格尔达终究只有一个大的屋顶排水沟作为见面的地方，没有公共露台，更别提什么已经老得嘎吱响的、上面铺着极其漂亮的毯子的秋千了。

现在，穿着运动鞋的阿德里安正慢慢从地板条上滑过，越来越远，在湿滑的露台木板上留下一道道夜行印痕。他不知从哪儿听到几个人在说话，不，这儿从来都听不到说话声的，夜里从来都听不到。但的确有声音，说话声，车门砰一下的撞击声，或许很远，又或许就在附近，谁知道呢。最终，这些声音真的来自神秘屋，阴森森地隐伏在史黛拉家背后的神秘屋。

---

①丹麦作家安徒生所写的一个童话故事。

阿德里安静静地听了一会儿，但又悄然无声了，黑夜，是所有一切中最轻的声响。他觉得自己冰凉的双脚仅仅还能再存活几秒钟了，最终他迅速钻进了马龙家昏暗的厨房。厨房的玻璃门同样没上闩，确实从来都没人知道。阿德里安对这个厨房里里外外都了如指掌，甚至在黑暗中也能不碰到家具，他摸索着走向门口，并从那儿进入了楼梯间。

香草味。

闻着有两种香草味，一种来自老年女士的女士烟，一种来自史黛拉妈妈那浓郁的身体乳，她每天都会在手臂上反复涂抹大量乳液。阿德里安轻轻地在楼板上移动，但到处都嘎吱嘎吱作响，因为木头已经很有年份且不堪负荷了。尽管阿德里安很小心，并且几乎没有用什么力叩了叩一扇特定的门，但响声似乎在整个屋子中回荡，也许穿过了锁眼，从下面的缝隙挤进了所有的门。阿德里安等待着房中的动静，但就连史黛拉也没有发出任何声音，尽管阿德里安似乎听到了一个能让他模模糊糊想到"进来"的声音。

当史黛拉对阿德里安的第二次敲门尝试仍没反应时，他干脆打开了门，并且立刻就发现房间里漆黑一片，只有从街上透进来的一点儿灯光。阿德里安认出了在窗前的史黛拉的轮廓。她郑重其事地跪在踏脚凳上，手肘撑着窗台，仿佛正在做祷告。但事实上，她仅仅只是在用一个望远镜往下看，并说着"世界金融中心"，压根儿连转身的片刻空隙都没有，随后又默不作声，再次将注意力集中在了对面街上据称疑点重重的神秘屋上。

"史黛拉？"阿德里安问，因为他此刻可想不出更有创意的话了。但史黛拉仍继续一动不动，目不转睛地望着街道说："世界上最高的观景台，位于上海，不可思议地高达四百七十四米。现在你自己拿个枕头，到这儿来，神秘屋的这番情形不会永

远都在的！"

阿德里安拿了个枕头，跪到史黛拉旁边，而此刻——在这个平垫之上——他拥有了最好的前提条件——仅仅只比史黛拉高一点儿——从鼻孔高度去嗅她那可能就在几个小时前才洗过并有股儿童口香糖味儿的秀发。

"那我们必须得去一下，"阿德里安说，"去上海。"

"我们不必去，因为在那儿所见的景象对你来说百分之百并不新鲜，你每天都能见到。只不过你恐怕忘记了自己是世界上最高的男生，一米九。"

阿德里安掐了掐史黛拉的胳膊。已经有好几年了，史黛拉为他背下了有史以来那些最大和最长的东西，那些庞然大物。史黛拉掐了回来，并嘀咕着："蠢得像猪！"然后，阿德里安再次掐了她一下，并说道："小矮子！"对此，她"礼貌"地大骂"目中无人的人"。就在短暂而温暖的一瞬间，阿德里安清楚地意识到，现在就是各种美好的时刻了，是身高只有一米七并能拥有真正朋友的时刻，是可以对自己开的玩笑开怀大笑并没理由去咬指甲盖的时刻。也许，在这些时刻中，人们会觉得幸福感爆棚，得用五个"ü"（glüüüüücklich①）来表达，如同老年女士那么爱听的老唱片歌曲中唱的那样。而也许，所有的一切就是这样，因为恰恰是另一个人让我们变成了我们自己喜欢的样子。

　　阿德里安注视着又一动不动拿着微微晃动的望远镜眺望神秘屋的史黛拉，随后转过身也同样向下张望。不用望远镜也能辨认出那是一辆车身字迹已经脱落的小型运输车。

---

①德语中"glücklich"这一形容词的意思为"幸福的，幸运的"。口语中为表示强调或表达较强烈的情感，常故意把元音拖长，例如这里的五个"ü"。

在车后面矗立着的房子，毫无疑问也看得清楚。

神秘屋历来就是极其危险的事物。这所房子所涂的漆的颜色让人想起长期未更换的挡风玻璃清洗液，锈褐色并且永远关着的百叶窗，也没有什么烦琐的门前花园，但有着一扇阴森森的陈旧入户木门，一个有些漏孔的屋顶，然后还有着会谋杀其住户的癖好。

因为的确就是这样。六年之内，这所房子"吞噬"了三条人命。起先是一位生物老师，他患上了心肌梗死；后来，新的住户搬了进来，一个上了年纪的女人，她意外地、永远地从梯子上摔了下去；最后还有一位银行职员，患上了败血症。整个片区的人一致认为，这一切都并非偶然，神秘屋无疑是遭到了诅咒。

好几年来，这所房子都是空的，阿德里安曾常常从史黛拉家的窗户向外望去，看到路过的老女人们围着房子绕个弯，宁愿从大街上，也不从人行过道上走过神秘屋前的这段路程。大家连靠都不敢靠近这所房子，更别提真正有人会自愿搬进去了，完全不可能，这辈子都不可能。在这里，害怕神秘屋，极详细地警告周围人不要来这儿，从不——真的一次都不要——走进这所房子，这些都几乎成了这儿的行为准则了。

"你看他们，"史黛拉激动地说，"他们真的搬进去了！"

阿德里安拿过史黛拉递给自己的望远镜，看见夜色中的几个人正艰难地在泥泞的人行过道上走着，将纸箱、绿色植物和落地灯拖进屋子。看不清楚有多少人参与了这次搬家，因为房前充斥着神秘屋般寂静的杂乱。一再有人离开或进入这栋被禁止的建筑物，一声不吭地做着自己的工作。阿德里安看到一个深色头发的女人，抱着一个小女孩，五岁左右，裹得严严实实。这个小孩用手臂

缠着女人的脖子，看起来像在睡觉，至少她没有动。

这是一幅很奇怪的景象。这场景看起来却有着一种忧伤的神秘，不可为人知的神秘。阿德里安无法想象，是什么能够让人将搬家推迟到夜间。下面的这些人几乎没有照明，只有门厅和地下室有点儿微弱的光亮，其他的一切都浸在黑暗之中。阿德里安觉得，这对于搬家来说非常不切实际。

"你在想什么呢？"史黛拉问，"下面发生了什么呀？"

"让我想一下。"阿德里安说，隔了好几秒又补充道，"当然，现在我知道了，刚才还不确定。你知道的，这个时间，还有这个脏兮兮的望远镜。你根本从来就没擦过吧？嗯，反正我现在知道了。看起来就是这样的，也就是说，下面有人搬进去并非完全不可能。"

"非比寻常啊，华生[1]！但显而易见的是，你肯定也有个巨大的脑子，要有这么个脑子的话，任何人都想得出来。但尽管如此，"史黛拉说，并赞许地拍了拍阿德里安那凸起的背，"我真的以你为傲，一米九！"

一米九。

当一年前有几个人在学校开始在他背后叫这个名字时——因为不知是谁弄清楚了他的准确身高——史黛拉就想到了这个主意，即在家里也如此叫他，这样他就不会觉得难受了。

这样的话，它就只不过是个名字而已。

这样的话，就没什么大不了的了。

几乎所有人都拒绝使用这个名字，特别是阿德里安的妈妈，她最愿意把儿子揉成一个小小的、方便控制的球，这样他就不会引人注目，也不会被人

---

①华生，亚瑟·柯南·道尔爵士所著小说《福尔摩斯探案全集》中的虚构人物，与夏洛克·福尔摩斯是搭档。

叫除了"阿德里安"之外的名字了。而因为阿德里
安的父母和史黛拉的妈妈以及继父都是朋友，否则
也不会这么长时间都是如此紧密的露台邻居，所以
史黛拉甚至都没法说服她那个通常会同意很多事情
的妈妈来执行自己的计划。唯独那个反正自己就偏
好假名的老年女士，立马同意了用"一米九"来称
呼阿德里安。此后的情况就是，对于史黛拉和其外
祖母来说，阿德里安就仅还有"一米九"这个名字
了。

　　史黛拉从未再把他另叫作什么，至少一年以来
没有过，谁知道呢，也许可以说，这正是——与那
些庞然大物一起时——史黛拉的方式，是为了告诉
阿德里安，他是正常的，不是怪胎，不是庞然大
物。而阿德里安呢，也的确喜欢这种想法，但合
他意的还有一些别的东西。因为"一米九"这个
名字巧妙地隐瞒了他在去年又长高了四厘米的事
实。

史黛拉抓过望远镜，往下看了一会儿，抱怨道："伏特加！"

"伏特加？"阿德里安说，"那就干杯吧！"

"胡说八道，"史黛拉说，"他们正抬着装有瓶子的箱子进去，是酒，肯定是伏特加，我马上就看得到了。"

"老年女士会对此说点什么呢？"阿德里安问。

"她将自己点燃一根烟，并宣布自己已经摆脱酒瘾了。她会说，别跟我喝。"对此，史黛拉似乎毫不怀疑。

"当然，"阿德里安点头赞同，"这根本不会给她造成什么伤害，老年女士很清楚自己在做什么。"

老年女士以前曾喜欢胡思乱想，并有轻度酗酒问题，即便她总喜欢强调，只有家里一点儿酒都没有时才会出现这个问题。但不知何时她也不得不

明白了生命中有比新的藏酒处更值得去寻找的东西。没有人知道确切发生了什么，但从此以后，她就再也不沾一滴酒了，取而代之的是把头发染成了红色，不间断地抽上了香草味香烟，并有了总是准确地理解别人所说的话这个不寻常的爱好，甚至当说话人自己都不知道自己说的是什么时，她也能理解。

主要就是在这种情况时。

"那么，一米九，现在我给你透露点事儿。"史黛拉一边宣布，一边放下了望远镜，看着阿德里安。

"你一定问过自己，为何我在深夜给你打电话，你一定有这样的疑问吧，是不是？"

"嗯——"

"你就是有这样的疑问！是不是嘛！"

"对，我有，遵命！但你把我叫来的确是对的，"阿德里安说，"毕竟并不是每天都有人会搬进这神秘屋。"

"每个晚上。"史黛拉纠正说。

"对，不管是白天还是晚上，我觉得这无论如何都是正确的。我指的是你把我叫过来这件事都是正确的。"

"嗯——"史黛拉将一缕金灰色头发从自己脸上拨开，问道，"如果这不是全部的理由，那还有什么理由呢？如果你来这里还有别的原因呢？"

阿德里安感到自己胸口一团热，他对于这些小小的希望无能为力，这些希望触摸起来让人觉得难以置信地美妙，但同时却也让人害怕，他早已清楚，清楚这种不知何时出现的疯狂，这些该死的心花怒放，而在怒放之后，胸口的这团热每次都会消散得无影无踪。哦，的确，阿德里安对这一切都足够清楚了，别再来了，拜托。

"应该是个什么样的理由呢？"他尽可能地随口一问，他知道他在这里是出于什么样的原因。这

个原因就是史黛拉那细如尘的发错的咝音，是她的香波，是四百七十四米高的环球金融中心观景台，是这个微乎其微、几乎不值一提的实情，即史黛拉或许是除了老年女士之外这世上唯一一个真正喜欢与阿德里安说话的人。

"那么，"史黛拉喃喃道，神秘却又一本正经，"那么，事情是这样的，我用铃声把你从床上唤醒的原因就是，我们不再与这个神秘屋有关系了！"

"没有关系了吗？"阿德里安问道，并感觉到他的那些希望正在土崩瓦解。现在到来的一切，绝不可能与他有任何关系了。

"不，"史黛拉低声说，"不。你看到的，就是这个……纪录被刷新的神秘屋！"

"啊？"阿德里安问道，"什么？这么快就有人死了？这速度该破纪录了吧？"

"笨蛋！"史黛拉大声骂道，并朝下张望。

"究竟为什么呀？"阿德里安说，"肯定有人死了。"

"对，就是有人。"

"然后呢？"阿德里安继续追问，"是谁啊？"

史黛拉突然地看着他。因为下面小型运输车的大灯一下子亮了起来，所以她的眼睛明亮得无法用现在能想到的言语来形容。她看着他，没有一丝笑容，轻声而极其缓慢地说：

"这里肯定不会再死人了，是这些人，他们带来了一个去世的人。"

"什么？"

"正如我所说，带了一个来，免费送货上门。"

"在你之前给我打电话的时候……"

"对，"史黛拉说，"当时他们把那个人抬进了屋子，是放在一个真正的灵柩里的。你明白吗，

阿德里安？"

　　"当然，我怎么会不明白！"阿德里安看向这冰冷的夜，这被微弱灯光照着的来路不明的人挤满的夜，响亮地清了一下嗓子，最后说道，"还有什么不明白的呢？我们现在就挨着一具尸体住呢。"

第 3 章

老年女士的发现

十一月初，街上就呈现出了大量寒冬的迹象。严寒冷酷无情，小孩子的眼泪被冻结在脸颊上，校车像往常一样不准时。每个早晨，阿德里安都在白色的雪地上留下他那巨大的鞋印。从前，老年女士在初雪不小心从天而降时，就会把她那本斑渍点点的《安徒生童话》从书架上硬抽出来，然后吹出她那别的女人都没法掌握的特殊的男性口哨，两长一短，史黛拉和阿德里安就会立刻跑向秋千。这开始于他们六岁的时候，结束于十岁，那时，所朗读的故事已经渐渐让人有了尴尬的感觉。

那时候，他们就坐在那里，史黛拉、阿德里安以及他们之间的那个带着沙哑嗓音、头发如朝霞般红亮的老年女士。老年女士的保温瓶里倒出了热

可可，阿德里安那个忧心忡忡的妈妈也不时会过来
瞧瞧，她为儿子送来越来越多的毯子，也给这个朗
读者投来了越来越有责备意味的目光。这些童话是
老年女士极其仔细地挑选出来的，所有的故事都是
如此令人悲伤，以至于会让人有兴致把自己裹进毯
子，轮流喝着热可可，并深深同情童话中那些不幸
的英雄。

　　老年女士朗读了安徒生所有可能的悲伤故事，
但最常读的是《冰雪女王》。阿德里安与老年女士
和史黛拉一起构成了一个发过誓结过盟的、有着固
定旅行路线的好莱坞秋千共同体：即格尔达所走的
路，她一路上颇费周折，就是为了找到朋友加伊并
将其从冰雪女王那儿偷偷救出来。阿德里安至今都
还能背得出这个童话中的一些句子，而当时他甚至
还能毫不费劲地跟着一起将大部分的句子说出来，
"当故事结束时，我们比现在知道得更多"，所有
的都如这般脱口而出。即便老年女士曾有一次毫无

征兆地说过"但仅仅就是为了让你们知道，故事永远不会结束！"。

后来，很久之后，老年女士对他们说过她曾经就需要那些坐在秋千上听的童话，说过为了让自己暖和起来，也只不过就是为了让自己不再胡思乱想，她不得不从家里出来进入到寒冷中。这一定是那段时间，在那个英国人逝去之后老年女士还对着看不见的他沉默不语的那段时间。

当时，史黛拉外祖母想要即刻起就仅仅只被称作"老年女士"的这一宣布暗示了一个极其神秘的已逝的英国人。这个请求，不仅仅是六岁的史黛拉和阿德里安已经照做了，而且奇怪的是连史黛拉妈妈也照做了。为什么会提出这样的请求？没人知道。但的确如此，并且当史黛拉外祖母朗读童话时，在阿德里安能忆起的最美好的那几年，她就已经被称为"老年女士"了。

而此刻，此刻十一月的雪在街上追逐嬉戏，竭

尽所能地野，竭尽所能地白。阿德里安拿着一个速写本坐在厨房窗边，试着画下这雪，但这些雪花，它们不易被捕捉到，雪花是用研钵捣碎的云朵，是在天上再也待不下去的星星，是……

"你究竟有没有在听我说？"

阿德里安将注意力从漫天飞雪中拉回，看向他那正擦拭着一个玻璃杯并隐隐不快地看着自己的妈妈。

"什么，妈妈？你说了什么吗？"

"后天就是预约的就诊时间了。"妈妈说道，并且显得很紧张，因为她一直咬着下嘴唇，并使劲地擦着玻璃杯，阿德里安都担心它眼看着随时就会破裂。

"那个就诊时间，"妈妈重复了一遍，并补充道，"我要你去！"

"妈妈，你说过我可以自己考虑的。"

"然后呢？你考虑过了吗？"

"考虑过了，考虑的结果就是，我绝不再去那个恩多……去那个医生那儿。"

阿德里安的妈妈突然就把擦得锃亮的玻璃杯放到洗碗槽旁，杯子甚至都差点儿因此而有了裂缝，她坐到儿子身旁，双手在揉成一团的擦碗布里四下抓。

"阿德里安，"她叹了口气，闭上双眼，再睁开，说道，"好，那就再考虑一下。他们计算出了你会长多高，我们俩都听到了那个数字的。"

"别说了！"

阿德里安觉得此类讨论像干草、醋制白花菜芽和过短的被子加起来那么令人讨厌。他很清楚马上会出现什么情况，几秒钟后，妈妈就会眼泪哗哗地跟他讲述，从前对她来说是怎样的，她曾是最高的那个！而他觉得这些哭着讲出来的故事简直就烦透了，烦透了！如果有人问起，他也会这么说。这些眼泪，之后真的流了出来，阿德里安的妈妈开始抽

冰雪巨人

噎，并开始讲述从前，那时她比所有人都高，并且从来——连在最糟糕的那些时刻——都没法把自己隐藏起来。

阿德里安不喜欢看到妈妈这样，他为她感到难为情，尽管在这个房间里没人会对这一切感兴趣。他看向自己那变得越来越狂野的画，之后再次看向窗外，全都是白茫茫的一片，这整个冬天，外面的雪花。而如果现在有人驾车路过并向他挥手的话，不得已之下，甚至是冰雪女王，他都会立马一起坐车走，仅仅为了离开这里，离开妈妈那哗哗流出的泪水，进入这些冰冷的雪花之中，这些总是在他头上比在别人头上要早些着陆的雪花之中。

事实上，阿德里安的妈妈根本就不曾有办法，而且没有人——即使是最具天赋的劝说艺术家也无法让阿德里安去相信不去就诊的后果。因为他的确压根儿没有绝望，至少没有到妈妈眼中的那种绝望程度。算了，好吧，处处都引人注目并且比所有人高出一大截，这并非是最舒服的事情，阿德里安甚至有时都已经突然觉察到自己会把脑袋低下来，并弄出个可笑的驼背。

算了。

好吧。

还有其他一些他不喜欢的东西，例如他的腿。他坐到汽车后座时，总是得像跳水运动员一样将腿拉向身体。他也不喜欢在浴缸里通过费力扭曲肢体才最多能够躺下，并且水都从来不会将他完全覆盖。如果不长这么高的话，他也本可以不用被所有人都期望成为一名优秀的篮球运动员，这简直是胡闹，他就是个"运动白痴"。

但除此之外，他过去还算能够凭借着他那稀薄的高原空气过活，别人大多数情况下都不会去烦他，而更愿意去关注那些胆敢成为太胖的，或者太安静的，或者热衷于追求高分的人。直至现在，阿德里安至少都还没有过真正的问题，即使有，也总

还有一个对他的身高觉得无所谓，甚至一点儿都无所谓的人。

"我现在去史黛拉那儿，"阿德里安说道，看都没看妈妈一眼，"我不愿意挨针，就这样，我不愿意持续地觉得很糟糕，并且还长脓包，并且……"

"两米零七。"他听见妈妈轻声说道。

"上下。"他生气地补充说。

"阿德里安，"妈妈现在轻言细语地说，"医生说不一定会有副作用。阿德里安，这是你的最后一次机会了，你现在的年龄对于这个治疗来说都几乎太大了呢。"

"对我来说无所谓。"阿德里安咕哝着，这时才又看着妈妈。她眼睛都哭红了，双唇苍白，正低声说着什么。"对我来说就是无所谓，"他再次说道，"并且如果我会长到三米也无所谓，我现在就去史黛拉那儿。"

　　然后阿德里安一跃而起，迅速穿上他为紧急情况而存放在厨房里的运动鞋，打开玻璃门，踏上了露台。当他从外面把门带上时，他再次朝妈妈看了一眼。她蜷缩着坐着，尽管个头高，但此刻却一下子显得很矮小，几乎都看不见了。阿德里安感觉到了某种东西，一种四分之一秒的纯粹的爱，然后就迅速转身，步履笨重地走过露台上的积雪，用他的身体剪碎了这凝固成块的空气，走了几步后发觉又能呼吸了。

　　"哎呀，终于来了。"当阿德里安站在她房间时，史黛拉说，"我都想过你压根儿不会再来了。"

　　阿德里安摆了摆手："跟妈妈闹了点不愉快，因为荷尔蒙。"

　　"她的还是你的？"史黛拉问。

　　"既不是她的，也不是我的。我就说了我不想挨针而已。"

"那就好，一米九！我需要你在这里，我们可承受不起你总在医生那儿的那种情况，我们有一个使命！"

"有了一些新情况？"阿德里安问。

"嗯，就是，"史黛拉说，"我们唯独得将它归功于老年女士。"

"我本该想得到的，"阿德里安点点头，并轻声笑着说，"老年女士有一颗操不完的心，还从未有人逃脱过她的法眼。她不是那种潜伏在窗帘背后的人，仅仅只是对所有人都感兴趣而已。走在街上，她尝试着去观察每一张面孔，就是觉得欠了他们的，她有一次曾这样说过。欠了他们的，这或多或少与她胡思乱想的那段时间有关，也与她当时有脸盲症、人盲症、万物盲症有关。"

"那老年女士发现了什么呢？"阿德里安问。

"并不多，但对于初期的发现来说已经足够了。"

其间已经站到了史黛拉窗边的阿德里安，吹了一声赞赏的口哨。

"但这些人也太迅速了吧！在这儿才刚住了一个星期，就已经把自己弄得不受欢迎了。"

就在神秘屋的入户门旁，就在人行过道之上，伫立着一条巨大的花园长木凳，让人走路经过时不得不绕一个大弯。雪积得很高，以至于能够清楚地辨认出来。原本对于任何人来说都没有跟这条长凳生气的原因，大多数人反正也不会直接从屋旁经过。尽管如此，阿德里安很确定的是，已经有人在抱怨了。

"不受欢迎，对，"史黛拉说道，"老年女士也说了类似的话。"

之后，史黛拉就讲述了老年女士几天之前如何去对面按门铃的事，仅仅就是为了表示一下欢迎之类的。没人回应门铃，而当老年女士正准备要离开时，一个女人把门打开，带着口音问她是不是也想

抱怨抱怨，如果是的话就已经是第六个抱怨者了。

"是什么样的口音呢？"阿德里安想知道。

"老年女士没听出来，"史黛拉说，"反正就是一种陌生的口音。"

"那她被允许进入房子了吗？我指的是在她解释了所有的一切之后。"

"没有，"史黛拉大声且带着胜利的口吻说，"老年女士没被允许进去，你想想看，这正是我们能够获得的证明尸体的确存在的最好证据。我就说嘛，结论就是这个，结案了。"

阿德里安坐到了史黛拉那张还未整理的床上，并将她开着的笔记本电脑从靠枕之间抽了出来。

"你又在跟他们聊？"阿德里安咬牙切齿地问道。

"你也注册加入吧，我们可以互加好友，当我们最终成为好友时，就是这样的了。"

"网友，不，谢谢！"阿德里安摆手拒绝，并且表现得就像要直接吐在这台白色笔记本电脑上一样。

"好吧，"史黛拉说，"的确也是，你得插入一张照片，而他们完全没有空间放得下超尺寸的图片。好可惜。那就不能加好友了。"

阿德里安拿过一个靠枕扔向史黛拉，却打偏了，击中的是一个放在书桌上的笔筒，笔筒被打翻了，与此同时，史黛拉只是耸了耸肩并嘟哝着些什么。在这里，在史黛拉的房间里，阿德里安总是待在右边的区域。他在这个空间里感觉很安全，这几乎都成了他的房间了，虽然他不得不承认，随着时间的推移，这里在完全没有他参与的情况下已经发生了越来越多的变化。之后不知何时，阿德里安明白过来，这里是一个女孩子的房间：墙壁是白色和紫色的，史黛拉的笔放在一面大镜子上，一小瓶香水，挂着项链的挂钩，到处都是衣服和小便签纸、发饰。这对阿德里安来说应该可以适应，没什么问

题，只要史黛拉还是从前的那个她，不变成紫色和白色，身上不长挂钩就行。

"哎哟！"

在毫无征兆的情况下，史黛拉从书桌上拿过靠枕，将它扔到阿德里安头上，重重的一击，他的鼻子几乎都被废掉了。

"一米九。"史黛拉说，一点儿都没心思去问问靠枕战之后阿德里安最终的伤势情况。

"哎哟！"阿德里安为确保她听见又叫了一次。

史黛拉笑了："太好了，你在听我说话，因为我有个计划！"

"你有计划？"阿德里安呻吟着。

"有这么一个！我决定，我们急需盐。最好从房前放有长凳的国家取，他们那儿应该有最好的盐。"

"啊哈，"阿德里安说，"你有没有想过没人会相信我们？你们不曾有过盐？我指的是，一直都会有盐，盐是不会用完的。你觉得'急需糖'这个说法怎么样？"

"随便啦，"史黛拉回答说，"在这些国家糖也应该很多。那我们就问有没有糖吧。当我们提问时，你就突然觉得必须要上厕所，完全是很紧急的那种，然后你就在里面四下瞧瞧，电视里演的这样总能奏效。"

"我不知道，"阿德里安摇了摇头，"我就是不相信所有那些恐怖故事，但是，你真的想要我进去？"

"一米九！你别这么矫情了！在你的生命中，死神还从未光顾过你，他拿着他那差劲的镰刀根本够不到你这么高。此外，对面暂时不会再死人了，他们已经有了一个，那人一定还占着个死亡名额的。"

"那好吧。但是我到底能够找出些什么呢？"

阿德里安问。

史黛拉轻声抱怨着，翻了翻白眼：

"一米九，我又该从何知道呢？我们必须首先找到能找到的东西。我不知道为什么有人要把一个死人藏起来。"

"我自己也还从未做过这种事。"阿德里安说。

"的确，我也几乎没做过。顺便提一下，有着世界上最长舌头的是一个来自加利福尼亚州的女人，几乎十厘米长，有点儿恶心，是不是？好吧，那我们现在就动身，下楼吧！"

史黛拉坚定地走向房门，阿德里安慢腾腾地跟在后面，心却变得很暖。淡黄色的楼梯嘎吱作响，这个下午姗姗来迟。此刻，一切都很美好，一切都将永远如此美好下去。外面，雪花在空中飘浮穿梭，阿德里安从上俯瞰这世界，世界比他矮两个头，一切都如此美好，一切都如它本该那样美好。

第4章

探访神秘屋

"打扰一下，请问您有可能给我们一点儿盐吗？"史黛拉问。

"打扰一下，请问您有可能给我们一点儿糖吗？"阿德里安问。

一个站在打开了的门缝后的男孩出现在他们面前，脸上挂着疑惑的笑容，十五六岁光景，最多比史黛拉高出五厘米。阿德里安从他所拥有的独特视角，即从很高的角度仔细打量着那个男孩的脸庞：额头、弯得离奇的眉毛、黑色的双眼、鼻子、并不浓密的绒毛、酒窝、嘴、下巴。而当那个衣着合身、有着迷人双眸的陌生男孩站在他面前的那一刻，阿德里安就已经预感到了一些什么，尽管这几乎是天方夜谭。毕竟，仅仅因为一次偶然的借盐或

冰雪巨人

糖的事，一切，所有的一切就能被破坏掉，这不属于八年级生的常识。而他之后敢打包票，就是在那几秒，史黛拉的眼睛里就进了冰雪碎片①，而对此她自己都全然不知；就是那几秒，阿德里安的生命开始变得岌岌可危。他敢打包票，当史黛拉站在他旁边一声不吭地打量着那个陌生男孩，就仿佛他是别的什么人，而并非一个在夜里搬入神秘屋并在行李中携带一具尸体的嫌疑人时，他就已经觉察到了这一点。

"你们究竟想要什么？"那个男孩问，不带一点儿口音，他巧妙地站在了开启的门缝里，让人没法往屋子里看，甚至从阿德里安的视角也没法看见。之后，他们听见了一个小女孩的声音，男孩转

①在安徒生的《冰雪女王》中有这样的情节：加伊和格尔达原本是非常好的朋友，但当某日，随风飞扬的冰雪碎片掉进加伊的眼里，钻进他的心里，善良的他立刻变成了无情的人，他的心变成了冰块，从此加伊再也不跟格尔达好了，而且还常常欺负讥笑她。

过头去说道："尼诺，去德迪柯那儿，我马上就来。"此后就响起了一个看不见人影的女人的声音："塔图？"接着，那个男孩就当着他们的面把门砰一声关上了。阿德里安能听见里面吵吵嚷嚷的说话声、脚步声以及另一扇门的砰响。

史黛拉看起来一直还像刚刚见到了幽灵那样。阿德里安感到愤怒和轻松在自己胸口跳动，对那个男孩的愤怒和对那扇被关上了的门所感到的轻松。离开这里，他想，离开这里就好了，离开离开离开，那就什么都没发生过了。他坚定地说：

"走，我们走，我们根本不必受这样的气。"

史黛拉似乎恢复了知觉，点了点头，但还是一直一言不发，仅仅迈开了腿，短暂地叹了口气，然后拖着嘎吱作响的靴子跟在阿德里安身旁，步伐笨重地过着街。

当他们几乎要走到街对面时，阿德里安听见后面有人在喊："嘿，你们！"

嘿，你们。

阿德里安停了下来，没有动弹，而史黛拉却略显尴尬地迅速转过身，响亮而清晰地回喊道："什么事？"

那个衣着合体的男孩一本正经地喊着："你们现在还想不想进来？"

阿德里安一本正经地大声回答："不，我们不想，明白了吗？"的确，他至少原本想要这样喊，再加上几句甚至能给史黛拉留下印象的脏话。而事实上，他什么也没说，事实上，他缄默不言地任由史黛拉伴着由勇气和腼腆组成的可笑的混合情绪喊了声"想，我们想进去！"。由此，这一天就彻底被毁掉了，特别是这里的这种没穿夹克的寒冷，这黄昏，这从烟囱冒出来的悲戚而静谧的烟。而她就站在那儿，史黛拉，她中等个子的身影，在街灯的光照下摇摇晃晃；他自己站在那儿，阿德里安，他的运动鞋鞋尖在雪地上钻着孔，并气鼓鼓地将积雪

向上踢，这景象让人想起一次令人忧心忡忡的喜马拉雅雪崩。但是，甚至连神秘屋前的那条长凳都一点儿未领会到他的情绪。

甚至连史黛拉也未领会到。

"饭马上就好了，"那个女人说，"你们饿了吗？"

阿德里安和史黛拉坐在餐桌旁，跟那个男孩和小女孩一起，他们在搬家那天晚上已经看到过她，那家族特有的眉毛弯如翅翼。她的脸庞如此美丽，有着黑色的双眸，往里看去几乎都会让人觉得痛。

"我们必须马上离开了。"阿德里安摆手拒绝，但之后却感到有人在轻轻地踢他的小腿，并听见史黛拉用乖巧的小女生声音说道："哦，对，我们饿了！"

计划原本不是这样的，特别是没有"饿了"这一出。但史黛拉的做法就像从来都不存在过那个计划一样。对于阿德里安所提出的他是否在此刻就应该去上厕所的问题，史黛拉只是有点儿烦躁地悄声说："此刻所有的一切都变了，我们还会找到什么的。"她的举动就仿佛此事涉及的并非一个已经翘了辫子的并被人偷偷藏在了什么地方的人。她的举止让人觉得，如此容易地闲逛进神秘屋仿佛就是这世上最正常的事。当他们所有人站在走廊里时，史黛拉甚至都没有四下瞧瞧，而阿德里安和史黛拉已经想象了好几年这所禁屋里面看起来会是什么样子了。他们所想象的是极其令人毛骨悚然的房间，血迹斑斑，昏暗的楼梯，以已逝生物老师的形象出现的幽灵就在那里，站在门口，露出温柔的微笑。这就曾是那典型的神秘屋的样子。

而现在呢？

阿德里安觉得走廊几乎都明亮得过分了，墙壁被漆成了黄色，有点儿过时，但绝不会让人感到害怕。屋里有股刚洗好的衣服的味道，并且不知怎么的也有医院的味道，但有可能是阿德里安搞错了。

只是有一点，有一点他确定无疑地知道：这里压根儿没什么东西是阴森森的。

此刻，他们坐在这个跟走廊一样与凶杀案没什么关系的厨房里。家具虽然已经有些陈旧，现在也已经过时了，但所有的一切看起来都让人失望地呈现出一种正常的状态，当然如果忽略那些挂在靠窗墙上、上面画着某些露出恼怒眼神的圣人的木板的话。

那个男孩用手指轻敲着饭桌。当听到小女孩问阿德里安时，他似乎在偷着乐："你为什么长这么高呀？请问你们究竟叫什么名字呢？"

通常情况下，史黛拉此刻会讲一讲她的那个老故事。在故事中，阿德里安作为一位著名科学家的儿子接触到了一种危险的液体，越长越高，原本可以成为超级英雄的，但可惜再也穿不上他的连身衣了。史黛拉曾总是用她的这个故事来保护着阿德里安，只是此刻，此刻她却仅仅说道：

"这是阿德里安，我叫史黛拉。"

阿德里安，这个名字就是这样发音的。

史黛拉已经很长时间没这么叫他了。

那个小家伙老练地点了点头，说："懂了。好的好的好的。那么，我叫尼诺，这是塔图，那是——"她指向正站在炉灶旁边的妈妈，"是……"

"德迪柯。"阿德里安大声说道。所有人都笑了，他们肯定都很高兴阿德里安如此留心。他自己也的确不知道为何已经记住了这个名字。但能盯着史黛拉那兴高采烈的笑脸看，是如此美好，而能跟着一起笑，在这个陌生的房子里第一次感到舒服，也是如此美好，至少直到那个塔图突如其来地收起了笑容并极其严肃地说：

"这是格鲁吉亚语。'妈妈'就叫'德迪柯'。"

妈妈。

史黛拉刚才为何笑呢？她恰恰不懂格鲁吉亚语啊。阿德里安感到怒火在往上冒，泪水已经在他喉咙处漫延，而那个小女孩只管继续说着，时间一分一秒地过去，这些眼泪在他喉咙里，但他却不会哭，不会哭，不会……

"我叫塔玛。"那个女人对阿德里安说道。她突然就站到了他身边，短暂而温暖地按了按他的肩膀，就仿佛知道阿德里安此刻的感受一样。

"现在快吃饭吧，希望够吃！"

事实上是足够了，因为分量差不多够有着二十二名队员的两支足球队，外加他们的教练和裁判吃。阿德里安刚才如此地愤怒，以至于他根本没有察觉到那两个黑眼睛孩子的妈妈是怎样把桌子摆好的。而现在，上面已经摆着盘子和一个大碗，里面装的是带馅儿面皮饺，看起来就像是洋葱状的意大利馄饨，在木板上放着一块厚奶酪比萨，但阿德里安和史黛拉之前把它想成了哈恰普里——格鲁吉亚的奶酪面包。那些带馅儿面皮饺的发音要简单一些，仅仅称作"亨卡利"就行了。壶里装的是冒着热气的可可，它是如此甜，以至于阿德里安单单闻到气味就已经糖中毒了。

这可可与以前老年女士煮的完全不一样。塔玛说用了三个蛋黄、一堆糖和刚用磙床擦出的巧克力末。阿德里安几乎从未喝过比这更好喝的了；在他的生命中，也从未吃过比这里用来招待他的餐食更美味的了。尝起来是陌生的味道，但同时又似乎是他一直在寻找的美食，百分百的味道，绝对完美。阿德里安咀嚼着，看的也仅仅是他的双手，拿着面包的左手，拿着叉子的右手。几乎，他就与这美味合二为一了，他就是这每一口食物，什么都不再能打搅到他，而之后，突然……

突然有了这声呻吟。

不是特别响，也不是特别近。

尽管如此还是听得见。

这是一种可怕的声音，而当阿德里安抬头看时，他看见了一些要糟糕得多的东西，即便它完全是悄无声息地进行着的。他看见那个显然几乎一口未碰、默然看向自己盘子的史黛拉，几秒钟之后才抬起了头，并最终对这声呻吟有了一些反应。这样的史黛拉他都不认识了，但很清楚的是，她的举动与那个塔图有关，他也许一直都在盯着她看。现在他一跃而起，冲向收音机并将其音量调大。塔玛轻声对塔图耳语了些什么，其间奇怪地指着史黛拉，之后塔图连招呼都不打就匆匆走出了厨房。

阿德里安和史黛拉也从他们的座位上起了身，面面相觑，耸了耸肩。只有尼诺还在无忧无虑地继续吃着，而与此同时，她哥哥却像是在橱柜里寻找着什么，然后轻轻吹了声口哨，转过身来，手里拿着一个装有褐色粉末的很小的玻璃储物罐。

"这是什么？"阿德里安问，并感到自己有迫切的愿望想说一些恶言恶语。

"这就是你们来这儿的原因。"那个塔图随口说着，他对史黛拉比对阿德里安友善多了。

"啊哈？"阿德里安问道，并看向史黛拉，"我们是因为花土来的吗？"

但塔图对此根本毫不理会，而是看着史黛拉说："你是想要盐吧，这就是盐，产自斯瓦涅季亚。"

史黛拉的脸一下子就红了，而这完全是不必要的，丁点儿都不必要，真的。阿德里安连忙问道："这难道是盐？斯瓦涅季亚又是什么鬼？你们难道说的不是格鲁吉亚的东西吗？"

塔图同情地看着阿德里安，之后又转向史黛拉："这是香料盐，什么可能的香料都在里面，甚至包括胡卢巴。在斯瓦涅季亚，都说吃这个会长寿。"

然后，塔图那个花花公子把玻璃罐递给史黛拉，当她伸手够的时候，他又很快地将罐子抽了回去，差不多就像在那些令人尴尬的头一晚电视剧重播中所演的那样。

"对不起，你得为这盐付钱。"

"什么？"史黛拉问道，这是她过了这么久，过了好几年，过了一个小时所说的第一句话。

"在斯瓦涅季亚，"塔图解释说，"不可以赠送辛辣的东西。他们说这会带来厄运。"

"厄运。"阿德里安心想。

"厄运。"史黛拉说，"我身上一分钱都没有，该用什么来付呢？"

"那我过一会儿就把这个玻璃罐给你送过去，"盐的所有者说道，"最多就一个分币。你就住在对面，我知道。而现在你们也得走了！"

那就是说，他们，阿德里安和史黛拉，现在得走了。他们终于可以离开这所被诅咒过的房子了。是的，的确是，这所房子事实上就是被诅咒了，这个诅咒与那声阴沉的呻吟并无多大关系，反正在告

别时再也没有听到那种声音了。

当他们走到外面时，史黛拉问："我们再走一段吗？"之后，再次沉默了，她那非同寻常的沉默。而阿德里安呢，他的日子也最终到头了。他知道"我们再走一段"这句话准确来讲有两层含义，并且在他旁边深一脚浅一脚穿过雪地的这层含义纯粹与他无关了。阿德里安在史黛拉身旁走着，她所走的路引着他们穿越了这个小片区，漆黑一片，雪花带着一股常常在傍晚就会有的人造柠檬的香味，一种让阿德里安忆起他妈妈的擦镜湿巾的气味。

他明白了，昏暗的天也能变成白色。当他们走过一片修剪过的草坪时，史黛拉停住了脚步，毫无征兆地像块板一样直直仰着倒在雪地里，就这样躺了好几秒钟，然后用手臂在雪地里画出了翅膀，轻声说着"冰雪天使"。而阿德里安呢，他在史黛拉的眼中看到了那个衣着合身的男孩，重得像一碗亨卡利，倒在了史黛拉旁边那块像死人一样惨白的地上。"冰雪巨人。"他疲倦地说。他也躺着，手臂一动不动，永远都不会有翅膀。

第5章

被疏忽的朋友

当还是小男孩的时候，阿德里安就已经想过，如果有了像史黛拉一样的人，那么除了父母以及最多外加一个把头发染红了的老年女士之外，就根本不再需要其他人了。而这自然而然是十足的蠢话，因为其一，阿德里安从未是个小男孩；其二，孩子们所想的不外乎就是糖果和无数个为什么而已。

尽管如此，阿德里安就是有这样的想法，这种想法让他每次都很高兴，而又无比垂头丧气。自从认识了那个塔图之后，他想，他一直是这么看待史黛拉的，像现在一样中等个子的史黛拉一开始就从所有美好之物中脱颖而出。而完全清楚的是，阿德里安从来没有，再也不会，并且任何情况下都绝对没有对史黛拉说过自己的这种看法，从来没有，因为之后她虽然还是超越了所有的一切，但已经离他很远了，不再能触碰得到了。

在迄今为止的生命中他还从未说过。

那现在，没有翅膀的时候，就更不会说了。

尽管如此，离开这件事情却变得困难重重，因为为了避开阿德里安，史黛拉真的不得不费一番周折。他们的房子已经像连体婴一样长在一起了，共有一颗心脏，而它不外乎就是露台上那个陈旧的好莱坞秋千，一颗嘎吱作响的心脏，前后来回跳动着，向前，往后，一直如此，这样，这些房子和住在房子里的所有人生命就能得以延续。

阿德里安和史黛拉住在像连体婴一样的房子里，这又该怪老年女士了，但这个罪责并不仅仅在于她是这两套房产的所有者。她老早以前就从过世的丈夫那儿继承下了这两套房子，尽管有三个孩子，但从未让所有房间都正儿八经地住上人，反正就是没成功。不仅仅单个的房间空置着，而且其中

一整套房子都处于空置状态。不知何时，老年女士就有了将那套空置房租出去的想法。

起初，那些人都是搬进去不久又很快搬出，最晚也不过就是在租户注意到了这两套连生房仅有一个露台相连的缺点之后。而直到后来，当她的孩子们都早已搬了出去，当她的一个女儿抱着小版史黛拉再回来时，老年女士才找到了更为可靠的租户。

一直住下去的租户。

阿德里安和他的父母。

但阿德里安后来才知道，他妈妈起初对这个新家一点儿都不感到高兴，并且首先是觉得对房东不满意。而的确不得不说有点儿倒霉，因为他妈妈连一点儿阻止搬进来的机会都不曾有过。

是阿德里安让搬家成为了现实。

是史黛拉让搬家成为了现实。

不，阿德里安不能再回忆起当时的情景了，因为他和史黛拉那时也就刚刚三岁而已。但老年女士后来总是给他们讲，他俩是怎样相互靠着坐在好莱坞秋千上的，几乎是长在了一起，周围所有人都立马明白过来，这两个孩子将会永远坐在这里，永远，但前提条件就是，阿德里安的父母毫不拖延地搬进来。

因此，他们之后就搬了进来。阿德里安和史黛拉，放在一起比身高的话，当时就已经正好差了一个头。尽管如此，他们还是不准备离开秋千，而是就这样坐着，年复一年，直至今日，其间有过几次不值一提的中断，而最后就是所有中断中最长的一次，这一次到此刻就已经在雪花漫天中持续了两周了。

年复一年。

露台。

秋千。

有时是说话声，是可以忽略不计甚至根本就不存在发错了咝音的说话声。

"阿德里安，我没法再等下去了！"这个声音

曾一再响起，那时，当阿德里安极其热烈地想要有个与史黛拉不差分毫的妹妹的时候。

"一米九，我没法再等下去了！"这个声音曾一再响起，之后，当阿德里安已经初尝了这个隐秘愿望的时候，即急切地让史黛拉成为妹妹之外的身份的愿望，只可惜他也还不清楚究竟成为什么。

"我没法再等下去了！"每一次，只要史黛拉这样一喊，并且也只需要这唯一的一声，阿德里安就会跑到露台上跟她一起玩。"对不起，"之后他会对史黛拉说，"真的对不起，我刚刚没有听到你在喊。"

就这样，他们让这两套连体房有了生气：一套是阿德里安和他父母所住的房子，另一套是史黛拉和她妈妈以及老年女士所住的房子。但如果准确来讲，也根本不是这么回事，因为最终住在史黛拉家的，还有大胡子替代品和假冒姐姐。三四年之前，史黛拉的妈妈把满脸络腮胡子的爸爸替代品带到了她女儿跟前，而那个不知在何处还有个即便是看不见但也的的确确存在着的爸爸的史黛拉，跑进了阿德里安的房间，一声不吭，气呼呼地蹲在他的书桌下面，直到晚上。

当时就已经很清楚了，史黛拉像老年女士一样，当感到愤怒时，总会把自己藏起来让全世界都找不到。只是老年女士有时候连续数日都坚守在自己的房间里，再加上两只全聋的耳朵，对在那反锁着的门上敲门全然充耳不闻的耳朵。

史黛拉毕竟也就只是把自己局限于阿德里安书桌下的狭小空间，然后，阿德里安每次都坐在一个从自己的角度看不清那个书桌藏匿洞穴的地方，干脆就那么等着，等着，等着。有时，如果一只脚或一只手悬吊在外面的话，阿德里安就会取过他的速写本，开始画他能看得见的东西。而当他在不到两年前第一次感觉到了想要用食指去触碰史黛拉的手或者脚这一愿望的时候，他懂得了一些重要的东西：

画画并非是艺术。

或者更好的表达应该是，画画比艺术所包含的东西要多得多。

但之后，在半年之后，史黛拉就已经能应付那个大胡子替代品了。她把注意力放到了妈妈的男朋友身上，注意听他说话长达数月之久，然后不得不认识到，他那儿唯一不对劲的地方就是他一起带过来的女儿。大胡子替代品非常值得重新用其真名来加以称呼，而这也并没有什么改观，因为他偏偏要叫作法伊特（Veit）①。只有那个冒牌姐姐还继续持有其头衔，因为她是，并一直都是一个令人感到不愉快的家伙。但幸运的是，她明显比史黛拉要大些，很快就偷偷溜走了，溜到大学去学一些与环境相关的东西。而当她时不时地回来串门时，在她说的每一句话中都出现了"雨林"这个词，不论是否

---

① "Veit"一词的发音与英语"fake"（冒牌货，赝品）的发音听起来很相似。

与话题相符合。

而现在，所有的这一切都不再起什么作用了，所有的这些雨林呀，大胡子替代品呀，悬吊在外的脚呀，所有的一切都发生在了别处，很遥远的地方。自从与那个花花公子相识之后，史黛拉再没来过他这里，再没给他打过电话，再没敲过他的门，再没给他发过信息，也再没在露台上出现过。

两周之久。

至少，她下午在校车站还跟他说过话，甚至经常如此，但总是很短暂。阿德里安每次都十分突然地往家里走，因为她想聊的不外乎那些新邻居而已，连世界上最细长的蟒蛇都根本不会作为与阿德里安聊天的谈资了。

但若撇开这些校车站时刻的话，史黛拉就简直不复存在了，一阵卷着雪片的风将她带走了，一个花花公子。

史黛拉。

这整场雪，这整个十一月，和史黛拉。

没有人喊着："一米九，把头低下来！"

没有人友好地吼着："阁下，您在哪儿？"

没有人好歹说点什么。

没有人是重要的了。

整整两周，没有史黛拉·马龙的两周。

第6章

史黛拉家

"我过去了。"阿德里安对妈妈说，他自己也不知道为何要宣布这个，毕竟他和妈妈之间存在着交流静默，所谈论的仅还有不得不说的事情而已。自从两周前露台门被砰地关上，自从爽约未去看医生，这里几乎没有再说过一句话，而当阿德里安的爸爸周末回来用室内适宜声响来过其生活时，当讲起他的那些学生和他工作日住的那个小寓所时，阿德里安都觉得是如此地吵，就仿佛货车正将一车瓦砾直接扔进这让人心有余悸的持续了两周的静默之中。

在这几乎一言不发的两周。

尽管如此，此刻，此刻阿德里安仍然说道："我过去了。"他嘟哝着，然后还画蛇添足地补充

说："我去史黛拉那儿。"此时，他能从妈妈那儿得到的无外乎就是个勉强而厌倦的点头答应而已。

但正是此时此刻他明白了。

为什么会说"过去"，为什么会说"史黛拉"。

因为此刻，自从他那已经失望了的妈妈点头答应之后，他就有了一个耳闻证人，一个如果他不过去，就会焦躁等待的耳闻证人。此外，他自己也是个耳闻证人，因为他已经听到了他自己所说的话。从现在起就没有退路了，无论如何他都得去史黛拉那儿，无论如何他都将会去做这件事，立刻，马上，在他想到数百万个解释"为何这样的一个行动是疯疯癫癫的"的理由中的一个之前。

阿德里安哧溜踩进他的露台运动鞋里，想要开门，但一下子就不能再动弹了，某种沉重的东西阻止了他，就是他自己，是他的胸脯，他的腹部，数以吨计的石头在里面烧得灼热。而在玻璃门中，阿德里安看到了妈妈的镜像，她几乎充满爱意地看着他，但那些石头也并未由此而消失。所以他只有带上它们，最终还是打开了门，把妈妈的镜像推到一边，拖着重重的步伐，内心被烤得灼热地走过露台，越过这整片嘎吱作响的十一月的雪，然后在马龙家的厨房里再次把鞋脱掉。

厨房里空无一人。桌上的一个茶壶冒着不太好闻的花草茶云雾，这仅仅能说明一点，即老年女士在家，否则没人会喝这种混合茶饮，甚至深深爱着她外祖母的史黛拉也喜欢取笑这些混合茶饮，并确信老年女士有时会将自己的香草香烟抖一点儿在花草茶料中。

在通向史黛拉房门的路上，阿德里安从老年女士的房间经过，听到了几声难以弄明白的声响，过了一会儿才明白过来，原来是里面的喘息声。难道史黛拉的外祖母身体抱恙？还是跌倒了躺在地上，并且还把哪儿弄骨折了？

"老年女士？"阿德里安透过关着的门问道。

"一米九，进来吧。"一个熟悉的声音喘息着。阿德里安赶紧打开门，发现老年女士穿着一套亮闪闪的淡紫色运动服，身体呈现出一种程度可观的扭曲状态。本来她只是蹲在那里，但荒诞的是，她不是脚着地，而是手着地，除此之外就蹲在空中了。她身体的大部分被拉伸至房间的天花板，而此刻的她，看起来实在像是在表演杂技。

"这是瑜伽吗？"阿德里安问。老年女士在她那扭曲的牢狱中气喘吁吁地答道："你知道呀！"

而对此还本该有一些说明，例如，阿德里安虽然的确知道她有练瑜伽的习惯，但终究从未看过她确切会怎么练。并未加以说明，他仅仅只是说："哦，那我继续往前走了，我还打算做些事。那就再见了。"

"但是，"没有任何征兆，老年女士重新用脚着地，特别严肃地看着阿德里安，"一米九，"她说，"听我说，练瑜伽时我们是这样做的。当你不再有能力完成动作，全身都痛，而你也不再有一点点力量的时候，你就吸气和呼气三次，三次，这非常重要，而之后，你才能表现出自己被打败了，如果终归败了的话。"

"你为什么告诉我这个？"

"如果终归败了的话，一米九，你记住了吗？"

然后，老年女士又专心致力于另一种卓越的扭曲姿势了。阿德里安嘟哝着说了点什么告别的话，走出房间，朝着史黛拉的房门走去，而此刻，他的心再次如千斤重。即便是它，这颗心，还足够响亮地跳动着，阿德里安仍旧费力地敲了敲房门。

"老年女士，是你吗？"从屋里传来声音。

史黛拉的声音。

近得都能听见。

阿德里安打开了门，清了清嗓子，看到史黛拉

正坐在她床上，漫不经心地盘腿坐着，与老年女士的那些身体扭曲姿态完全没法比。她周围堆着很多衣服，比阿德里安曾在她房间里看到过的还要多，并且还有一些新衣服。

史黛拉的眼神很陌生。

因为当她明白了是谁站在门口时，她有那么一瞬间耷拉了一下嘴角，持续时间真的不长，尽管如此，最后所有的一切都在这些极短暂的"嘴角时刻"确定下来了。而之后，另一个人还是会露出微笑，会说讨人喜欢的话语，会像往常一样很友好，但最后，唯独能作数的恰好仅仅就是起先这短暂得可笑的一秒半，也唯独就是这一秒半。

"阿德里安，是你啊。"史黛拉说道，语气听起来很失望，但至少还不是不友好。她短暂地思考了一下，然后对着自己的手机说："现在不说了，我晚点打给你。"

"什么事？"她问，微笑着看了阿德里安一

眼，然后又继续在那些衣服中翻寻着。

"我。"阿德里安说道。

"你。"史黛拉说，头都没抬一下。她极其细致地研究着一件蓝色套头衫，把它拿到一条牛仔裤旁比了比，摇了摇头，然后再从衣物堆中抽出另一件上衣，一件绿色的、很薄的T恤。正是对着这件T恤，她很老练地说："我能为你做点什么吗？"

阿德里安心想，事实上的确可以，有两件或十件你得马上为我做的小事情——你可以问问我是否想画你的脸庞，我自己是不会问的；你可以每天给我打电话；你可以在我的房门外站着，然后喊"快点，走了！"；你可以跟我和老年女士在秋千上坐着什么都不干；你可以大声地说"塔图，一个多么令人讨厌的名字，怎么会有人叫塔图呢？"；你可以就这么看我一下；你可以称我为一米九；你可以说："对不起，我因疏忽而将你忘记了，这在接下来的五周将不会再发生。"

"没有，"阿德里安说道，"一切都很好。我只是在过去几周没有时间，一点儿空闲时间都没有，你知道的，完完全全没时间。"

他的心，拼命地喘着气，跳动着。

跳动着。

但阿德里安继续说："我想的是来看看这房间右边的情况，但一切确实都秩序井然。你刚才在跟谁打电话呢？"

史黛拉将目光停在了一件她刚从衣服堆里挑出来的新衣服上，含笑注视着它说："是的，你总是那么着急！"

那件衣服一言不发。阿德里安问道："你刚才在跟谁打电话啊？"

史黛拉吃惊地盯着他看，毫不费劲就编造出了一句应付时通常会说的话："女性朋友，学校的，你不认识。"

又是它，这件与学校相关的可怕事件，与两

所学校相关，而阿德里安在当时就已经知道这是一个错误，他在十一岁时就已经知道了。但一切都无法改变，那时他进了文理中学，而史黛拉没有。老年女士当时就曾对他说："阿德里安，别为这事生气，这样更好，相信我，如果你们在学校还不得不见面的话，不知什么时候你们相互间就会觉得烦了，历来就是这样。"可惜不得不承认的是，这一席话在当时，当一切第一次变得不一样的时候，对他根本没有起到什么安慰作用。

史黛拉友好地、几乎是很温柔地看着阿德里安说道："但我现在根本没时间了，我得马上走。"

"去你的女性朋友那儿吗？"

史黛拉咬了咬嘴唇，直到现在阿德里安才看到，她的双颊是多么红，她的双眸是怎么样地闪着亮光。没有人能骗他说这是一个好征兆，此刻阿德里安感觉到了，这亮光闪烁并非为他。

"我到对面去，"史黛拉以微弱的声音说着，

"我到塔图那儿去。"

"去……神秘屋？"阿德里安有气无力地问。

"哎呀，拜托，别这么叫它，每栋房子里不知什么时候都会死人呢。"

"的确，"阿德里安说，"但不会一连死三个啊。我们总在说这是夸大其词，但那第四具尸体又是怎么回事呢？我跟着一起去！"

"阿德里安！"

"你还记得吗，我们想要把这事弄清楚的。反正我得一起去。"

看到一张红通通的脸有多么快能失掉其颜色并变得苍白，是件令人吃惊的事。史黛拉双目变得无神，不可思议地看着他。但阿德里安知道此刻该做什么，吸气，呼气，吸气，呼气，吸气，呼气。他的目光正好与史黛拉的目光相交错，他没有表现出被打败了的样子，尽管在这几分钟他自己都无法忍受自己，尽管他自己都觉得自己的在场很讨厌，想必史黛拉也一样地觉得讨厌吧。

吸气，呼气。

吸气，呼气。

吸气，呼气。

然后不放弃，绝不。

此刻，史黛拉的脸再度发生了变化，她的眼睛现在看起来忧伤而陌生，充满了胆怯，所有的一切一下子都在里面了。她试着挤出一点儿笑容，并轻声说：

"好，那你就一起吧。"

之后又提高了音量。

"但现在你得迅速走到门外，你看嘛，我还得换衣服呢。"

阿德里安赢了。只可惜感觉并非如此，在他五脏六腑里那些沉甸甸的东西一直都还在，而与此同时，他觉得全身都像被掏空了一样，那长长的双臂软绵绵地悬垂着，说道："好，我无论如何都还得

进到你们的厨房里，我的鞋在那里。"

　　当他进入厨房时，他发现那里没有比老年女士更小的存在了。如果她穿的不是那套闪亮运动服的话，没有人会想到她刚刚曾如此具有艺术性地把身体打过结。她弓着背坐在厨房椅上，肚子由此在一条条细细的紫色游泳圈里冒险地接近了大腿。她一下就显得很苍老了，小口而急促地喝着自己的茶饮，闭着双眼，仿佛是在收听着一档广播节目。

　　为了不打搅她，阿德里安悄悄地走向他的鞋，将它们轻轻拿起，然后再踮着脚尖往楼梯间的方向走。他本能够发誓未曾打搅到老年女士的，但当他刚好要走到外面并还回头看了她一眼时，她闭着眼睛开始说话了。

　　"如果我是你的话就会待在家里，"她说，"有极端天气预警，我刚刚听到的。暴风雪、彻骨的寒冷，所有的那些。"

"我只是过个街而已。"阿德里安保证说，并盯着老年女士的脸看，多此一举，因为她的双眼一直都闭得紧紧的。

"尽管如此，"老年女士说，"如果我是你的话会留神。你得相信一个老女人的话，彻骨的寒冷可开不得玩笑。"

而阿德里安一下子就看见了。就在老年女士的脸上蔓延着某种情绪，让他不安的情绪，并且她根本都不必睁眼，他所看见的就完全足够了。他所看见的，是一种巨大的、从皱纹和灰斑中透出的担忧，从额头经过眼皮直至下巴，就算盲人也能看得到。

此刻，阿德里安感到了愤怒，对老年女士本人的愤怒，觉得她就像个叛徒，因为她不相信他能搞定这件事。他几乎就要大喊大叫了，差点儿就要咆哮了：立刻停止摆出这副模样，马上换张脸吧，化点妆把斑点遮住，把额头上的皱纹遮住！老年女

士，消停吧，他差点儿就要咆哮了。或许最后轻声地说上一句：摆出这样一张脸，有什么事情能变好呢？

第7章

愤怒的阿德里安

神秘屋中的餐桌空荡荡的，一个眼镜盒，一小包纸巾，此外就仅还有木制的桌面了。阿德里安心想，几乎没有什么能比这些摆放过盛宴的桌子更让人觉得无望的东西了，这些桌子之后变得空空如也，仿佛它们从未经历过盘碗满目和吃饱喝足的客人将手臂枕在上面的情景。可可和面皮饺已经是很早以前的事了，这该死的整整两周，塔玛并未打算再次做点什么上次吃饭时的东西，而只是就那么坐在桌旁，看着此次来串门的这个大高个儿，皱了皱眉头。

还站在门口时她就觉得如此奇怪："大高个小子。"她轻柔地说着，一边摇了摇头，轻轻压了压阿德里安的小臂，因为处于更高空间里的大臂对

于塔玛来说太高了，"大高个小子。"她嘴里重复着，这一次倒说得轻言细语的，而之后阿德里安才可以进屋，跟那个与他最多隔着十厘米，最多隔着十千米的史黛拉一起，不久之后就坐在了餐桌旁。史黛拉·马龙，这最后一个还存活着的庞然大物的守护者，可惜此时却并未发挥作用。已经遗失了自己很多话语的史黛拉，现在正在使用着一种新型的沉默。

不是那种羞怯的塔图式的沉默，不是。

更多的是一种烦人的一言不发，从她眼中迸发出来的、朝向阿德里安的一言不发，反正他觉得就是这样。

而似乎这还不够，在史黛拉身旁的塔图双臂交叉，姿势优美地向后靠着，他问阿德里安：

"啊，你就是那个……"

他最后那个基本会让人想到密探这一称谓的词，已听不太清楚了，因为塔玛显然已经早有准备，她故意表现得很轻松地敲着桌子，有点儿大声地说道："可惜塔图不能把你们带进他的房间，因为那儿还在装修。我或许可以煮点茶，你们觉得怎么样？"

塔玛肯定是想拯救阿德里安来着，谁知道呢？尽管如此，她刚刚想避免其处于更糟糕境地的不是别人，而恰恰就是塔图，使其免遭中度鼻梁骨骨折，更准确点说就是，免遭从高处往斜下方来的一记干净漂亮的拳头，否则它会让漂亮的花花公子鼻子变成退役拳击手的塌鼻子。

"你也要吗，阿德里安？"塔玛问。

"什么？"

"要茶吗？"

"要，茶当然要。"

塔玛站了起来，阿德里安也同样起了身，并像只小狗一样尾随她往洗碗池走去。他这样做完全是情不自禁的，就像上了发条一样自动移动着那颤巍

巍的双腿离开餐桌，而餐桌旁将没有一个人会想念
他，一个也没有。

　　在洗碗池旁，塔玛把一个老式的茶壶灌上了
水，将其放在炉灶上，然后从一个柜子里拿出玻璃
茶杯，舀了很多糖进去。

　　"有茶的地方总是很温暖。"她对倚在暖气旁
的阿德里安说。

　　"对。"阿德里安应答着，却觉得冻得够呛。
他不知道是冬天的缘故呢，是最多只是温温热的暖
气的缘故呢，或者仅仅只是因为他能够听见史黛拉
和塔图在交谈。他们背对阿德里安坐着，轻声聊着
天，史黛拉不时咯咯地笑着。阿德里安多想能堵住
双耳，或者立马变聋，这都无所谓，他总还是能感
到的是那把由愤怒和痛苦制成的匕首和你要振作的
愿望。

　　阿德里安再次看向塔玛，她正将一个罐子里的
红棕色液体倒在糖上面，直到这些杯子盛上了好几

厘米高的水。

她看都没看阿德里安一眼，说道："这是茶汤，非常浓。你现在看看墙上，看看那张照片，就是圣像旁边的那张。"

在有着摆出一副苦瓜脸、头上戴着加加大号金色光环的女人和男人的木板旁边，此刻挂着一张泛黄的、仅仅用胶带固定在墙上的照片。阿德里安看见了葱绿的草坪，后面是苍青色的巍峨群山，位于峡谷中的那些石屋很简陋，处处都矗立着已经塌了一半的塔楼，在那些矮小建筑的映衬之下，它们如摩天大楼一般高高耸立着。

"很漂亮的风景。"阿德里安说，而这也就足够了，因为所有的一切又涌上他心头，史黛拉和那个花花公子，那个花花公子和史黛拉，他恨不得立刻死掉，恨不得立刻继续活下去，恨不得大喊，大喊，仅仅就是大喊，恨不得把板凳砸碎，然后再将一把凳子和自己扔到地上，像个撒泼的孩子一样

哭闹。阿德里安再次说着："很漂亮的风景，真的。"但对塔玛来说这还不够："风景，对，但是什么样的风景呢？阿德里安，你说说看，是什么样的风景，什么样的！"

而阿德里安压根儿就不想知道这个。

阿德里安就是没张嘴。

"这是乌西古里，欧洲海拔最高的村庄。"塔玛仍解释说。阿德里安吓了一跳，他知道，这原本必须由史黛拉来说的，她是唯一可以这样说的人。

但塔玛干脆就接着说了下去。

"乌西古里，在斯瓦涅季。"

"我以为叫斯瓦涅季亚呢。"阿德里安固执地朝向塔图轻声说着。而塔图呢，自然完全没有听到，因为他此刻除了细细地观赏史黛拉的脸庞之外就没干什么别的事了。

"有的这样说，有的又那样说。"塔玛一边回答，一边将茶杯放到托盘上，看着阿德里安继续说道，"斯瓦涅季，位于格鲁吉亚北部的高加索山脉，如果你知道的话，斯瓦涅季就是碎石路和农户的马匹，以及那座最美的乌什巴山。在斯瓦涅季，我母亲吹声口哨就赶走了一头熊，老年人都听不懂你的笑话，你可以倒立，石头会滚下山，佝偻着背的恰莫卡每天都煮着茄子汤。人们死后都将归于因古里河，如果还活着的话，那他们就跳舞，之后再饮酒，并举起酒杯为全世界干杯。在斯瓦涅季有山鹰、矮小得像侏儒的教堂、肉很少的花斑猪、下蛋很少的母鸡以及其间那些相互残杀的人。来，大高个小子，我们再坐下吧。"

这个刚开始还带着神采奕奕的目光讲着斯瓦涅季的塔玛，渐渐地失掉了神采。她看起来满脸斑点，脸变成了泛红的雷雨天，一张云层密布的脸，其中就只差闪电和时不时的雷鸣了。塔玛把摆着茶杯的托盘递给阿德里安，此时上面还多了杯柠檬汽水。这一定是给尼诺的，即便她直到此刻都还未现

身。

当阿德里安分发了茶杯再次坐到桌旁，而史黛拉和塔图中断了交谈的时候，阿德里安觉得不合适，觉得自己太多余了。显然他们想的跟他一样，他来到这里是多么蠢啊，他觉得自己受欢迎是多么蠢啊，他认为可以用自己的在场阻止某些已经不可再遏制的、那个天上的谁——天上或者其他什么地方——早已决定的事，这又是多么蠢啊。

的的确确，蠢到家了。

阿德里安偏偏就是阿德里安，这是多么蠢啊。

塔玛此刻正将热水倒入茶汤里，而留神观察她一杯一杯地加入热水，这让阿德里安心绪平静了些。每一次操作都包含了一些极其认真和优美的东西在里面。所有的一切看起来都是如此不同寻常，以至于阿德里安偷偷瞟了一眼史黛拉，她一定也觉得这种茶道很特别。的确，在此过程中她也留神观察着塔玛，看她是如何将水倒入茶汤里的。但史黛拉此时看起来一点儿也不觉得惊讶。

就在此时，阿德里安的想法是，史黛拉已经知晓了所有的一切，茶汤和水，虽然她仅仅才离开他短短两周，离他远远的，但在这段时间，她已经习惯了这里的一切，而现在它又来了，这蠢蠢欲动的愤怒，这偏偏发泄在塔玛身上的愤怒。

"不！"他吼了她一声。

塔玛轻轻地、觉得不可思议地摇了摇头，之后说道："你一定也感到惊奇吧。"

阿德里安想的是"也"。

阿德里安想的是"史黛拉"。

塔玛继续说道："但我们就是这样来煮我们的茶的。"

阿德里安沉默了，他的目光在桌上游走，塔玛的茶杯，红棕色闪着亮光，塔图的茶杯，无关紧要，下一个装在茶套里的茶杯在史黛拉手里，然后是装有柠檬汽水的杯子，旁边还有个未装水的、不

知道给谁准备的茶杯。阿德里安又朝史黛拉握着的那个杯子看去，十个指尖，十个指甲都涂着透明的指甲油，那是一双小孩的手，与这个厨房里的任何一切都不相称，就是不属于这里，史黛拉的手和茶杯，茶杯里冒出热气就仿佛从一个沉着镇定的火车头里冒出蒸汽一样。

阿德里安没法声称他觉得之后出现的情况很好，不能声称他喜欢做类似的事情或者类似的事就属于他通常的休闲活动。他能感觉到的是，如果他闭嘴，或者躺到桌下，或者暂时死去都会更好一些。而他却听到自己大声且清楚地说："这么一栋不断死人的房子实在是太奇怪了，六年内死了三个，肯定是一个效仿一个。"

一片沉默，阴沉沉的沉默。

"当地人都说，这是神秘屋！好名字，是不是？"

又是一片寂静，只有玻璃杯里的茶从各个方向翻滚，就仿佛它与这整件事无关一样。阿德里安小心翼翼地看向史黛拉，并大吃一惊，她的眼睛，她的目光，以及那里面的一片冰片，就像冰雪女王放进加伊一只眼睛里的那些冰片中的一片，魔镜的一块碎片。史黛拉的眼睛冰冷得像一片北部的汪洋，像一条愤怒的河流。但甚至这也没能让阿德里安消停下来，他听见自己继续在说话，嘴里说着"我和史黛拉"，之后又突然短暂地沉默了一会儿，因为这听起来像在撒谎，然后又再一次尝试着说："我和史黛拉，我们甚至认为，这儿有什么东西不对劲，总是有某种死亡的东西，我们认为——嗷！"

有人在桌子下面对着阿德里安的胫骨踢了一脚，就是眼睛正使着眼色以及涂着透明指甲油的那个人。这一脚的力度如此之大，以致阿德里安的眼泪都涌了上来，他的胫骨被火烧一般，痛得他喊出了声。这是史黛拉加在他身上的第一记郑重其事的

伤害。他受伤的腿一定已血流如注，而极有可能他立马就是个残疾人了，公交车上的每一个人从现在起都会为他起身让座，公交车上的每一个人都会知道他腿的状况有多么糟糕。

"你疯了吧？"他朝史黛拉抱怨道。

"自作自受。"她说着，并投给了他一道被通缉多年、命案累累的女杀手的目光。

"为什么啊？这之前就是你的主意啊！是你想要我们找出这儿有什么不对劲的地方，不是吗？是你想要按这儿的门铃！他们把一个死人抬进了屋子，是你说的。"

虽然阿德里安知道，他现在在嘴边的话百分之百不对，但他仍然让它脱口而出，真真切切地说道："而你现在与这个家伙套近乎，仅仅就是为了从他这儿弄点什么消息出来。"

史黛拉笨拙地晃了晃并站起来，但显然找不到任何话语让自己好好大吼一下，所以她沉默不言，又再次坐了下去。直到过了一会儿，她才用不含一丝一毫友情的声音说道："阿德里安！"

而阿德里安说："一米九！"

史黛拉说："阿德里安！"

而阿德里安说："一米九！"

史黛拉说："阿德里安！"

阿德里安沉默了。

因为就在此时，门开了，尼诺和一个相当陌生的男人走进了厨房，时间掐得精确到了秒，就仿佛他们知道这儿有一些事得来阻止一样，即在"激烈厨房"讨论历史上持续时间最长和最寡言的谈话。

而此刻，阿德里安才在厨房里四下看看，他看见了塔玛那目光不再柔和、甚至泛起了泪花的双眼，同样也发现那个花花公子的眼睛已失去了幸灾乐祸的笑意，看见那个陌生男人肩上搭着淡绿色的擦手毛巾和尼诺嘴唇上的几句很短的话，几句她立

刻、马上、在几秒钟之后说的话："爸卜阿……"

她没再说下去，因为塔玛已经练习过，能比其他任何人都更快、更艺术地打断别人的话。她严厉地说道："尼诺，你坐下，喝你的柠檬汽水。瓦赫唐，茶在这儿，把你的杯子给我！"

她拿起茶壶将水倒入茶汤。

当尼诺发现了阿德里安时，她咯咯地笑着说："你真的一直还是这么高。"

桌旁没有人跟着偷笑，所有人都沉默不语，甚至那个叫瓦赫唐的男人也是，即使他比别人更惊讶地沉默着。

"你最好现在就走。"塔玛用颤抖的声音说着，同时看向桌子。当阿德里安突如其来地跳起来时，她立马就制止了他，并拉着他的手。

"来。"

塔玛的手冰凉，她颤抖着紧紧抓住阿德里安的手，而所有人都还一直沉默着，甚至连尼诺都沉默不语，她想必已经觉察到存在着那些最好就只是埋头喝柠檬汽水的时刻了。塔玛将阿德里安拉到走廊上，打开房门。此刻她才真正看着他。她双眼乌黑，漆黑的睫毛如同阴沉的帘幕，她的眼睛很美，但此刻却闪烁着愤怒和忧心忡忡的光。

被粉碎成气流的冰雪从外面吹了进来，这里是如此冷，阿德里安挣脱了手，将双臂环抱在胸前，即使这在塔玛看来肯定就仿佛他把太长太细的双臂打成了一个烦琐的水手结一样。

他想从这里出去，立刻。

但此时塔玛开始说话了。

轻言细语。

自下而上。

"别为难你自己。"她说。

"别为难我们。"她说。

阿德里安所感受到的，就是我们听到了类似事实上像死亡判决一样的爱情宣言时总会感到的东

西：他感到肚子里一阵惊恐，正是在那儿，在肚子里而非在惊恐通常待的喉咙里。从外面吹进来的风越来越冷，从外面和里面吹的都是冷风。阿德里安想最终从这里消失，从全世界消失，他知道自己刚刚冒着生命危险说了一番话，并随时都可能会再干一次。他心里想的是，出去，从这儿离开，但塔玛继续说道："你看到照片上那些旧塔楼了吗？"

这是最不适合谈论塔楼和照片的时刻了。阿德里安羞愧得连冰冷的双颊都变得热乎乎的了，用无声的、放肆的话咒骂着史黛拉，却点头说道："塔楼。"

"斯瓦涅季人在好几百年前就修建了那些塔楼，它们是，叫什么来着？敌台。在任何情况下，那些塔楼都高高矗立，比村庄里所有的一切都高，甚至比教堂都高。每个农庄都有一座塔楼，人们为躲避族间血仇藏匿在里面，如果你知道那些血仇的话。"

　　"我不知道，可能就是。"阿德里安咕哝着。这里的事算什么？这一切算什么？他想此刻就走，敌台，完全是胡闹。

　　但是塔玛继续说着：

　　"而现在，那些塔楼都倒塌了，所有的都倒塌了。一下子你就知道，它们看起来是多么友好，它们像其他所有的楼一样只有很小的力量，仅仅装出很愤怒的样子罢了。你听到了吗？它们比所有的一切都高，却一点儿也不愤怒。"

　　"我现在走了。"阿德里安一边抽身，一边说着，这些烦人的塔楼管他什么事。塔玛抬起了眉毛，再放下，就像断头刀一样，再次说道："别为难你自己，大高个小子。"

　　她很友好地没有说出那后半句话，即使阿德里安在她眼中都能看得出来，那个闪着黑色光泽的"我们"，那个之前让他觉得痛的"我们"，没有，塔玛这次并没有补充说"别为难我们"，但这

还有何意义呢？这个世界，对于阿德里安来说已经毁灭了，以这样或那样的方式。

第8章

忘记史黛拉

不能哭，就只是伸手伸脚地躺着，死一般地躺在地板上，感受着这极薄的地毯和遍地的寒冷。或许叽里咕噜地发点牢骚，很短暂；或许颤抖着，咒骂着，用最后的力气起身，用最后的力气摔毁所有的家具。但不能哭，就是不能哭，你听见了吗？无论如何都不能哭。从对面厨房传来的洋葱味儿，电话旁妈妈的声音，很轻，虚无缥缈。自己的心，正在多么疲倦地鼓着掌：衷心祝愿，首先要身体健康。再次感到了寒冷，再次飘来洋葱味儿，不，最好不要起身，再也不起身，再也不哭。

停。

现在就停止。

拜托。

拜托别这样。

阿德里安把身体蜷成了一弯半月，一弯昏暗的、无用的、带着斜边的镰刀。他感觉到了血液在向下流向自己的右半脑，他感觉到了这半边头是多么硬地搁在地板上。肩膀在痛，右半边腰也在痛，就在扎腰带的地方。右侧大腿骨和骨头中的恼怒，然后还有那被踢的胫骨，所有的，所有的一切都在痛。要是有只刺猬经过给他展示一下怎么做就好了：冬眠，一个冬天都消失不见，唉，阿德里安本就该尽快加入冬眠的行列，关灯，之后见！他在几个月后才会再醒来，生机勃勃，涂满了泥土，恢复了健康。在早春时他会打呵欠，然后知道自己挺过了所有的一切，在睡眠中他已经习惯了如其原本模样的事物。他会忘记塔图，忘记塔玛那默默受伤的眼神，然后还会忘记史黛拉，以及……

忘记史黛拉。

忘——记。

忘记某事，忘记某人。

不再忆起某事，不再忆起某人。

如果能忘记就好了。

你得忘记！

阿德里安突然翻了一下身，看到上面天花板上这昏暗的下午正在闪烁，但这个下午仅仅只过了几分钟而已。他看到史黛拉那衣服成堆的房间，他发现了塔玛，轮廓模糊，不可触摸。他看见了自己，这个失控的男孩，这个比其他人高出一大截的男孩，他看见了这个体形巨大的怪物，这个完全被激怒了的男孩，这就是他自己。不，这个男孩他不喜欢。这不是一个能让人爱上的人，或者会为之提前思考该穿什么的人，在这张脸上没有讨人喜欢的东西，而他剩下的部分，同样也没有讨人喜欢的东西。阿德里安不喜欢这个男孩。

这个男孩。

阿德里安，十四岁，一米九加四厘米。

在这里，仰面躺着，目光朝上。

这颗可笑的心，重重地跌下。

阿德里安闭上了双眼，因为他不想再看见这个下午，他在餐桌旁的愤怒，如同塔玛那在茶杯中翻腾的茶。他压根儿什么都不想再看见，可尽管如此，他还是看见了她，史黛拉，十岁或十一岁，看见她如何与他在客厅里坐着，那时，在神圣的星期四，当他妈妈不得不加班的时候。阿德里安坐在沙发上，史黛拉横躺在一张沙发椅上，她的双腿在扶手上晃动着，他们一起看着老的侦探连续剧的重播，这些剧是阿德里安爸爸的秘密建议，里面都是些有着贵宾犬一样发型和抹着红脸蛋的女性主嫌疑犯。

在这样的下午，史黛拉总是会把如此多的甜食塞进嘴里，以至于阿德里安都怀揣着合理的希望，希望她可能由此长高几厘米，就在两个被解密了的连环谋杀案播放的时间段里。在当时，阿德里安原

本都已经不再相信，史黛拉会自然而然地与他一起生长，就像所有属于一体的东西一样：腿、手臂、头发、勇气。去相信这样的东西，是完完全全地扯淡，但尽管如此，在吃甜食时他还是忍不住有这样的希望。但这都是徒劳，史黛拉一毫米都没迎着阿德里安生长，史黛拉一直都拥有着——至少竖着看——值得羡慕的中等身材。

那些看侦探剧的下午。

它们就如与老年女士一起度过的那些秋千时光，只是还要好上两千倍，因为阿德里安是与史黛拉单独待在一起的。没人能够从阿德里安这儿夺走那些时光，没人能够完全理解那些时光，没有人。史黛拉与阿德里安，十或十一岁，被好几十亿的人所包围，在某个地方。而在这所有的人当中，在那些下午仅仅只有两个人是重要的，就是他们自己，穿着跑步裤的孩子，对于他们满嘴的巧克力来说已经太大了的孩子，背得下侦探剧里那些有名台词的孩子。那时，在那些庞然大物面前，史黛拉还能毫无缘由地问阿德里安："他们没有孩子，对吧？"

阿德里安总是知道该回答什么，他说："并非如您想的那样！"

对此史黛拉极其严肃地说："我俩现在就去散一小会儿步。"

而阿德里安的回答就如："现在变成审讯了吗？"

史黛拉："请您明天早上九点到审讯主席团来！"

阿德里安："我知道，这与我无关，但您与桑德所有绯闻吗？"

史黛拉："您说得对。这的确与您无关。"

这里的寒冷，这种寒冷。阿德里安慢慢睁开了黏糊糊的双眼，眼睑下热乎乎的，即便身上的所有其他部分都是冰冷的。他一再挨着冻，能感受到背下面地板上的霜冻，他想，该起身了，并且，够

了就是够了。当他费劲地直起身来时，他不得不意识到，自己在下面的地板上已经老了六十岁了，年迈而呻吟着的他好容易挣扎着起了身，然后坐在那儿，弯曲着双腿，将他的右裤腿卷起至膝盖高。

史黛拉踹的。

一大块红色斑点。

已经变成斑点的史黛拉的愤怒。

这个伤痕有着独特的形状，看起来就像地球另一面的南美洲，如同一把石斧，斧刃朝下，而它的红色在朝向阿根廷的方向变得更深了。这个下午。塔图，塔玛。阿德里安到底为何要跟着去？他早就知道对面那个屋子是被诅咒过的，知道这整段时间都是被诅咒过的。而他本就该干脆消失，他本该说"再见，保重，史黛拉"，以及"我本来就有很多事情要做，真的，你压根儿不会相信我此刻有多么地忙"。

提问。

阿德里安为何要第二次进入神秘屋？

提问。

难道还轻声低语得不够吗：我知道，这与我无关，但与对面的那个花花公子有关吗？

难道还说得不够吗：史黛拉？

对面的那个，他对你根本就一无所知，他什么都不知道，压根儿什么都不知道。

他在所有的这些年根本就没有陪在你身边。

但是不，这所有的一切阿德里安都没有说出来，而是麻木地无精打采地尾随着史黛拉，尽管老年女士已经警告过他，甚至塔玛也清楚地表达，她认为把阿德里安带来并非一个特别好的主意。

不能放弃，甚至在第三次呼气之后也不能放弃。

不能表现得被打败了。

不得已时要忍受这如同南美洲轮廓般的伤口。

冷若冰霜的眼神。

阿德里安冷不丁地站了起来，他不用支撑是因为的确还有力量，身体里还有阿德里安，他又变得年轻了，变成了年轻人。他走向书桌，看到那儿放着自己的画，很高一摞铅笔速写，是他今天早上为了学校的艺术比赛找出来的，尽管二月就已截止提交作品了。

请完成下面三项任务中的一项：

为下一届全校音乐会设计一张宣传画。

围绕"我们只有这个世界"这一主题写作并绘制一幅漫画作品。

围绕"生活状态中的人类"这一主题绘制制作系列画。

而令人吃惊的是，就这个是重点，任务三是重点，因为数月以来，阿德里安画的恰好就是这个：人类的生活状态。准确来说是其中的两种。数月以来，在他爸爸和铁路局的友情支持下，他将各种生活状态画到了纸上，那些与幸福相关的状态，然后还有那些与之相反的状态，即使阿德里安并非准确地知道这该是什么，但一定不是不幸。

所有的一切就始于他爸爸在早春的三个节假日接连错过了周末火车的时候，当他爸爸如此生气和失望以至于拿出了自己的微型相机拍了其他站台上的人的时候，这些人同样错过了火车并像他爸爸一样愤怒而失望地四下张望。

阿德里安的爸爸。

他有两米多高，而体宽也超过了两米，至少几乎是，就像一头已经当了爸爸的熊，只是本质上比熊在任何时候都要更友好。最后的情况准确来讲就是这样：小小的数码相机不外乎就是他的灵魂，温柔而小巧，充满了各式面孔。

当他爸爸开始拍摄那些眼睛里还映着已开出的火车的人时，阿德里安就决定了，恰恰就要摹绘照片上的这些人。他自己不完全确定这作为艺术是否还行得通，至少这里所涉及的这些时刻，已经为人

所见了。但这原本不起任何作用，第二只眼睛，哎呀，没什么，阿德里安仍然画他们。

这些已经错过了火车的人。

阿德里安·泰斯的系列作品，纸上铅笔速写。

之后在这摞纸上会有一个封面。

之后，也许写上："献给史黛拉。"

啊，结束了，结束了。

"之后"到现在已经过了如此之久。

自此，他们，阿德里安和爸爸，无论如何都在一起合作着。爸爸总是一再带给他新的照片，结实的手里举着他银色的数码相机就如同举着一只柔弱的鸟，给阿德里安兴奋地展示哪些人错过了火车。阿德里安将照片下载到自己的电脑上，每次都长时间地观察这些脸，在目光中将它们晃来晃去，就像爸爸有时在最终吞咽下红酒之前会在嘴里把酒来来回回晃几分钟一样。

临近夏天时，他们还把主题扩展到了失灵的空调这个方向，因为这些空调，人们有时不得不两三个小时地等待他们的火车，一边骂骂咧咧，一边汗流浃背。而流了二十次夏季的汗水之后，爸爸说："现在够了，儿子，即刻起我要让你有额外的幸福！"而正是从这一天起，他真的还拍了一些别的东西：站台上那些高兴的人。

为来接他们的人而高兴。

为他们自己来接的人而高兴。

为坐在火车上离他们而去并仍然让他们觉得快乐的人而高兴。

阿德里安用手小心翼翼地抚摸着一张面孔，它放在最上面，那是一个正凝视着某人并眼含笑意的女人。现在就开始，围绕"生活状态中的人类"这一主题制作系列画。

史黛拉。

她清楚每一幅画，他曾给她展示过所有的作品，而且有时她还显示出肯定是装出来的认真仔细

地看，并带着肯定是真正的骄傲说道："一米九，继续保持，你将成为一位大人物！你肯定会达到人生巅峰的！"

如果这些事情都是它们本应该的样子，那么史黛拉就会感到高兴了：为那个比赛，为那个合适的主题，为所有的一切，以及——然后呢？

然后是一道留痕，一道闪电，此刻，此地，在这张书桌旁，因为它又出现了，这纠缠不休的回忆，这回忆在这儿再未失去一丝一毫，并且就这么浮现出来了。有好几分钟，阿德里安的爸爸都站到了前面，把在这儿的东西用他那健壮如熊的身躯遮盖了起来。当想到爸爸和这些画的时候，阿德里安变得安静了，而这点他现在才注意到。但白费力气，完全白费力气，回忆会记住每一个它曾以挑剔的眼光观察过的人。阿德里安坐在这儿，用拳头捶在纸上，三次，昂起头来！他捶向那些总归已经惊恐万分的脸庞中的一张，这痛苦他感同身受，不，他一边想着，一边将那张纸抚平。

　　而根本什么都没好转，但阿德里安知道他还能做什么。在很下面，在所有错过的火车和没有错过的人下面，还有一些东西，那里是史黛拉的手，史黛拉的脚。现在不能哭！他将那些放在其他画作下面的速写抽出来，他看到那些握成了拳头的手，大拇指夹在食指下的瘦削的手，他看到中指指尖触碰到拇指尖、指甲被剪短了的娇嫩手指。他看到了脚，瘦削的双脚，袜子滑了下来，在夏天裸露着的脚后跟和脚踝，脚趾紧挨着，就仿佛是在市场上买东西的窃窃私语的老女人。但还是不能哭，不能想史黛拉，不能想她是如何蹲在书桌下面的，她已经好久好久没这样做了。

　　在这里，一瞬间，他之前在神秘屋里感受到的那种烦躁和痛苦，突然间就变成了现在最终回到他身上的愤怒，对自己的愤怒，对史黛拉的愤怒，对此外还让他感到愤怒的每一个人的愤怒。

　　阿德里安拿出了一幅画着只裸露的夏季的脚的铅笔画：光滑而漆黑。他拿过这只脚，静静地把它自上而下撕开，撕痕歪歪斜斜偏向右侧，之后还有一只脚，这一次是穿了袜子的，各种脚，各种手，他撕碎了所有的一切，并变得越来越熟练了，撕痕变得越来越直、越来越果断了。裂成一半的脚和手被他随处扔。哈哈，阿德里安心想，如果史黛拉需要新的，那么就该是那个花花公子来画了！手啊，脚啊，手啊，脚啊，他撕完这些以后，又继续撕那些画着史黛拉兴高采烈脸庞的画了。所有的一切都比哭要好。当他听到妈妈在门口不放心地敲门时，他一定已经撕了二十张这些速写了。他将想要接下来撕掉的那个微笑放在了写字桌上，无力却又坚定地想着：不。

　　显而易见的是，尽管如此，她仍将进入到房间。而之后就是站在了这里，高大的身躯，金色的头发，微微有点儿驼的、甚至从前面就能辨认出的背。她站在这里，手臂笔直地垂下，将一条格子擦碗布当作围裙塞在裤子里。透过打开的房门，冷风吹了进来。此刻，他觉得妈妈的眼镜从未有过这么难看，觉得妈妈的话从未有过这么难听，因为她说的恰恰是最不该说的，她偏偏说的就是：

"你脸上全湿了，是不是哭过？"

阿德里安有好几秒钟就只是盯着神情紧张的妈妈，他从书桌椅上站了起来，朝她走了两步。

抽动了一下鼻子，使劲抽了一下。

呼出了一口气。

又再吸了一口气。

然后就大声叫喊了起来。

第9章

阿德里安很孤独

那时，在谈论庞然大物的时候，史黛拉也没法准确地说出世界上最大的噪声听起来是怎样的：像是清晨七点驶过的垃圾车，像是清晨六点摆动敲响的教堂大钟，抑或像是那个假冒姐姐淋浴时的歌唱？

像老年女士打的喷嚏？

像飞机的动力传动装置？

史黛拉没有一次能从这些选项中做出选择，她只需等着就好了，仅仅几周而已，却像是很长很长的时间了。因为之后，有史以来最大的、最巨型的噪声将传入她耳朵。

阿德里安此前自己也不知道身体里蓄着如此多的响声，如此多的怒吼。他此前没想到自己能够把

116

自己的音量开到头。妈妈看起来就仿佛相信她儿子一直就只能发出几声可怜的低分贝声音而已，像冰箱一样的嗡嗡声，像剧院第二排女观众的耳语声。阿德里安能够准确地看到，惊恐是如何潜入妈妈身体之中的，她在几秒钟之内脸色是怎样变得惨白如雪的，她又是怎样并非堵住双耳，而是闭上她的心的。

她的心。

阿德里安知道，这样的情形肯定会让自己觉得痛。

妈妈保护自己的心不受亲儿子的伤害。

看到妈妈这样，他本忍不住会觉得有点儿难过，这原本就是他的责任之类的。事实上，这对他来说完全无所谓，他咆哮了又咆哮："走开！你走开啊！我没有哭，懂吗？"

每一个音节都被他大声地吼了出来，并且中间只有短暂的停顿："快——走——开！"

他双眼都肿了起来，喉咙烧乎乎的，像装着红色的针一样："走开，从这里出去，我没哭，我……"

"阿德里安！"

这是妈妈的一次无力尝试，试图让被激怒的儿子平静下来的尝试。"阿德里安！"他妈妈大声喊着，但因为此时她的声音有些颤抖，所以听起来更像是无声的振动。

"阿——德里——安！"

阿德里安就是停不下来，他怒吼着，怒吼着，感觉到了脸颊上流淌的小溪，此外还有极少的温热的东西，至少没有对于妈妈来说一定存在的东西，他叫喊着："我没哭，你总该明白吧。"

妈妈的眼睛里充满了饱含泪水的惊恐，嘴巴瘪成了一条徒劳严厉的线，由此，四周都是惨白的皮肤。阿德里安继续怒吼着，但没有哭，没有哭，根本就没有，只是在叫喊，从身体里把史黛拉喊出去，还有塔图、他自己的妈妈和他自己。因为他已经失控了，他又继续喊着："我不想要你那烦人的激素治疗，让我静静，听懂了吗？就让我静静！"

阿德里安的妈妈看向一边，某个方向，她呼吸得急促而断断续续，然后有点儿晃晃悠悠地走向楼梯，在一级台阶上坐下。

眼神空洞，像个木偶一样点着头。

这比那颗已经闭上的心更加糟糕，比她惯常那忧心忡忡的眼神更加可怕。阿德里安立刻变得沉默了，之后他们就相互目不转睛地注视着对方，他和他那一直还在点着头的妈妈。她那无声的、哭成泪人的沉默如此沉重地悬在了楼梯间里，使得阿德里安没法再站立了，也坐在了楼梯上，就坐在妈妈身旁。她又继续点了一会儿头，之后用精疲力尽的声音说：

"我不知道你身上发生了什么。但是在这儿发生的已经太过分了。"

说到"在这儿发生的"时，她有气无力地朝着阿德里安打开的房间门指去，仿佛他还一直站在那儿一样。当她结束了自己这段简短而不太容易被人听懂的讲话之后，她的点头过渡到了摇头，但看起来还像是在点头，只是变成了水平方向而已。阿德里安坐在那儿，没有呼吸，没有话语，他就那么沉默着，因为再也没有可以怒喊出来的东西了，也很长时间都不再需要回答什么了。妈妈看着他，他能够准确地辨认出它，它又来了：妈妈那将会谈及激素治疗的眼神。

她轻声而掩饰地说道："刚才发生的事，我们把它忘掉。但是我们已经没时间了。你的十四岁早已过去。之后治疗也就不再有意义了。你得明白。现在你已经十四岁了，两个月前就满了。"

阿德里安濒临再次变得闹腾的边缘，他几乎吼叫着："去他的，我就是不想要。"

他那流着鼻涕的鼻子差点儿就讨厌地开始抽

噎了，但之后就停止了，怒吼和抽噎，他所做的仅仅是：想一些庞然大物，随便一些史黛拉曾跟他提到的什么"世界上最高的烟囱——哈萨克斯坦一座火力发电站的烟囱"，它有多高来着？去想这个问题，让阿德里安的心绪平静了下来，即使哈萨克斯坦离格鲁吉亚肯定也不太远。

"你知道当时我还在上学时的感受吗？"妈妈继续说，只需稍微看看她就能明白，她的确无论如何都没有忘记。

"你知道我在所有的暑假里都多么希望别人能蹿高一到两个头，并且在新学年身高就超过我吗？我跟你讲过在假期只有一个女生长高了而别人却都缩水了的事情吗？"

对，讲过，阿德里安心想，你都讲了差不多一千次了。顺便说一下，那个女生就是你。

"顺便说一下，那个女生就是我。"阿德里安的妈妈颤抖着，快速用一张揉皱了的纸巾擤了擤鼻

涕，"虽然我每晚都祈祷。上帝！我祈祷着，如果你像所有人说的那么伟大，那就做点什么吧。如果你就是很伟大，那就拜托把我变矮点吧。"

阿德里安咬着嘴唇，他又火气上冒，变得愤怒了，但已懒得张嘴，继续沉默着，世界上最长的蛇——巨蟒，长度超过九米。

"我该感到高兴，"妈妈说，"如果当时就有的话，就有治疗和一切的话。如果类似的东西在以前就已经是可能的话，那我会想，不久就没人再说我是竹竿了，不久就不会再有人让我在跳舞课上孤零零地站着了。"

妈妈看起来一直都还是需要治疗的，她说这所有的事情肯定仅仅是为了盖过其他的声音，盖过对于咆哮和"让我静静"的回忆。阿德里安此刻最愿做的事情就是跳起来逃走，世界上最长的河流——尼罗河，几乎长达七千千米，他最愿做的事是……

　　"我不得不穿上，"妈妈严肃且带着哭腔继续说道，"看起来像我外祖母的衣服。根本没什么东西是我穿的号。而且总是只有穿男鞋，一直都是这些笨重的鞋子。"

　　别说了，阿德里安心里放肆而闹腾地想着。而奇迹就是，妈妈没有再次将心关上，而仅仅只是坐在了楼梯上，右手手指紧紧抓着已经被揉成一团的纸巾。

　　阿德里安向前看去，能够在对面的走廊镜中看到妈妈，她和他自己，镜面没有条纹，正好都在镜框里，世界上人们所穿的最大鞋码：五十八码。如果阿德里安不是如此愤怒的话，他会觉得由走廊镜反射出来的这种同步坐很好笑：左右两边都是并拢的双膝，都是分开的小腿和脚，都是耸起来的双肩。只是肩膀上的脸不一样。左边的脸是非常熟悉的妈妈脸，右边则是他自己的娃娃脸，比起正襟危坐的身体，这张脸看起来要年轻许多。在

右边的镜像中，是他那棕色的、长时间未修剪过的头发，那有点儿粗的眉毛，那细细的脖子。

阿德里安妈妈的镜像继续说着。他没法说这个镜像其间是否曾沉默过，但现在，现在它就在说："你不觉得烦吗？总是这句'你打篮球吗？'，你不觉得烦吗？"

塔图那个白痴让我觉得烦，阿德里安心想，而如果你真的想知道的话，那你也让我觉得烦，全世界都让我觉得烦，这个讨厌的冬天，这该死的圣诞节胡闹，你那糟糕透顶的激素治疗，都让我觉得烦，懂吗？我已经有足够的让我不得不伤透脑筋的雄性激素了，你明白吗？所有的，所有的一切都让我觉得烦，最后他还沉默着加上：世界上最高的瘦高个男人——一米九，身高一米九四。

"阿德里安！"妈妈说。

"我求求你。"

"说点什么吧。"

她的声音非同寻常地坚决有力，让阿德里安猛地一下从他镜像妈妈那儿回过神来，并看着真实妈妈那恳求的双眼，他压根儿不再能理解任何东西了。这个话题从来没有，以前从来没有像现在这么不合时宜。这个话题根本不可能是别的什么，是的，妈妈所有的关于激素的语句就仅仅是用一种特别烦琐冗长的方式来告诉儿子，她再也不知道下一步该怎么办了，此地，此刻，在这个冷冰冰的楼梯间里。

阿德里安开始讲话了，是他大喊大叫和沉默之后的第一次讲话，他小心翼翼地说着：

"史黛拉。"

"我的身高对她来说无所谓。"

当他在说这些的时候，在"史黛拉"和"身高"之间的某个地方，产生了那些突然就无情侵袭了他的怀疑。在生命中，阿德里安第一次想到，就是这样的：因为他如此之高，所以史黛拉就忽略了

他。在她的每一句话后面总是隐藏着这么一个问题："您难道没有其他尺寸的吗？"

而很有可能的是，史黛拉眼中的光亮一直以来都仅仅是淡蓝色的希望，希望有人最终能够回答："有的，您等等，我到后面的仓库里去查查看。"

阿德里安所设想的是另一回事。他一直都相信，这些震撼人心的认识应该出现在某座不可征服的山那巍峨险峻的顶峰之上，或者至少是波涛汹涌的大海岸边，但绝不会，万万不会出现在一级冰冷的台阶之上，一位情绪激动的母亲身旁。为了能够理解事情，或者为了明白事情并非如此，有时候把它们大声地说出来就已经足够了，这是很有可能的。

"你的身高对于史黛拉来说无所谓吗？"阿德里安的妈妈问，"对，一定是的，但她现在的确有……"

如果说他觉得她的演讲仅仅是可怕的，那么她最后的几句话就像一记耳光，不仅对于他来说是如此，而且看起来对她自己来说也是如此。因为说着说着，她就受惊地把双手放到了自己面前，就仿佛话从嘴边出来会让她的的确确受到伤害一样。

阿德里安有气无力地问道，几乎都快死了一般："什么？她现在的确有什么？"

妈妈惊恐地盯着他，轻轻地摸着他的上臂。阿德里安将她的手拂开，但妈妈也拂开了他的这一举动，轻声说道："对不起。"

阿德里安就像突然耳聋了一样，单调地重复着："她现在有什么？"

妈妈摆摆手："其实什么都没有，什么都没有，懂吗？他们俩，史黛拉和那个男孩，或许是因为他们上同一所学校。一定是他妈妈，接他的时候就顺便把史黛拉也带了回来，我有好几次看见他们一起下的车。对不起，阿德里安，对不起。我知

道，她对你来说意味着什么……"

"你根本什么都不知道！"

阿德里安感觉到了自己是如何变得大声嚷嚷的，他颤抖着，不知道怎么能够让自己再度沉默下来。他又一次向妈妈发飙了："你根本什么都不知道，根本什么都不知道！史黛拉和那个白痴，他们关我屁事。对我来说无所谓。他们每天一起去坐船豪华游还是飞往月球，随便什么，谁会对此感兴趣呢？我不可能整天都为随便一个女邻居操心。完全是一派胡言，史黛拉想干吗就干吗。"

在说这席话时，阿德里安的声音越来越小。当发脾气发累了时，他的头也慢慢耷拉了下来，此刻悬在分开的双膝之间。继续往上是他弓着的背，双臂毫无生气地伸至地面，他的生命，已经彻底完结了。

妈妈还在他旁边坐了一会儿，在上面高高的地方听得见她的呼吸声，阿德里安耷拉至双膝之间的

头和他那弯曲着的心——它们都确切地知道是怎么
回事，它们认识到了这里让人不得不去认识的唯一
真相。

阿德里安。

他很孤独，很孤独，很孤独。

妈妈重重地叹了口气，阿德里安注意到她是
怎么慢慢起身并走向厨房的。之后她停住了，转过
身来说："我敲门的原因是海伦妮刚才在这里。就
是刚刚，你离开的时候。她想知道她什么时候能过
来。你知道的。"

阿德里安压根儿都没尝试直起身来，他埋着头
费力地说："但是我不愿意！"

"好，"妈妈说，"我应该转告你她仍然会
来。"

说着这些一直都还在颤抖的轻声话语，她走
进了厨房里。阿德里安毫无气力地在她身后喊道：
"胡说，瞎扯，所有的一切都是错的！海伦妮，太

过分了，这个名字你可以马上就忘掉。海伦妮！海伦妮！"

阿德里安都没有力气接下去说："她叫老年女士，明白了吗？"

第 10 章

老年女士的肖像画与秘密

老年女士仍然来了。

她至少尝试了五次，才让自己坐到阿德里安的黄色沙发椅上，并且能够让人觉得她似乎就只是在附近，是一时兴起才到阿德里安这儿来瞧瞧的。这是怎样十足的胡说八道！因为老年女士几乎是不间断地就在附近，阿德里安也连她半句话都不打算相信。

但老年女士却相当快地承认了事实，并说："你知道我为什么会在这儿。你想要画一幅肖像，还记得吗？"

"我不画了，对此我也不再有兴趣了。你可以走了，再见。"

老年女士一定是注意到了阿德里安房间中那

些被"屠杀"了的速写，整个地板上都覆盖着碎纸片，那儿没有什么是地毯的颜色了，到处都只有白色和灰色，几乎像雪一般。

尽管如此，老年女士看起来丝毫都没想着要离开那个几秒钟后已经跟她连在一起的沙发椅，她继续坐着，用目光探索着阿德里安的目光。又是这样，完全清楚了，老年女士的眼睛总是早已洞察了所有的一切，这有时是好的，但大多数时候却是一个可怕的癖好。

特别是当人完全不想被理解时。

阿德里安知道老年女士在自己的目光中读出了什么，他感到了她是如何从自己眼睛里拽出这一切的：过去几周的黑暗、愤怒和所有的阿德里安这个存在，各种发飙，之后还有长达数周的、至少也同样闹腾的沉默。

在学校里他就被那些自己以前装作没听见的言论所折磨。别人会取笑他在跳高时展示出来的悲剧身材，偏偏就会是他。教室里的那些窃窃私语可能指涉的是其他任何人，但他却总立马就往自己身上套。

他用怏怏不乐的评论把班里少量的几个朋友推得远远的，并交了白卷致使两次测验都考砸。在家里，他撕破了很多欢乐的笑脸，甚至对着爸爸大呼小叫，而他却总是从妈妈身旁一声不吭地拖着沉重的步伐经过。他关门时总把门弄得砰一声响，吃得很少，至少破坏了三个从城里买来的圣诞装饰物，都是很小的、不明显的装饰物，但毕竟还是破坏了。不知什么地方有人在喊："一米九！"但他完全不在乎了。他看到自己在那些下午站在飘着雪花的黄昏中，在史黛拉和塔图两家入户门所在街道的附近。他一再在那儿驻守着，潜伏着，然后看到他们是如何从那辆老大众车上下来的：那个充满了骄傲的花花公子、塔玛，最后还有史黛拉，她总是搓着手，就仿佛寒冷还真的让她感到吃惊一样。

史黛拉的手。

离得很远了。

消失了。

有唯一的一次，史黛拉甚至察觉到了阿德里安。她停住脚步，朝他投了一瞥。这眼神阿德里安看不懂，但他能确认的是，这是一记杀人的眼神。而它也的确如此：从上到下将他毁灭，先是胸部，之后是他一起一伏的肚子，最后是他变得越来越软的腿。

"一米九！"老年女士喊道，几乎是吼出来的。

"一米九！你还活着吗？我是不是该给格林尔斯家打电话了？"

格林尔斯是当地最好的收殓师，一个怪老头连同一群极其严肃的儿子。不，她不该往那儿打电话。

"不！"阿德里安说，"你现在还并没有那么老。另外，他们自己就会来，不用担心。"

老年女士的表情并没有变形，但阿德里安看到她的眼睛有了变化，她的眼神在无声地偷笑，嘴里说着："不管怎样，我在这里就是为了向你提议一桩交易。是时间透露一个秘密了。你准备好了吗？"

"还是让你的那些秘密待在那儿吧，对我来说反正一切都无所谓了。另外，你已经老得都不该说'交易'①这个词了。"

这一次，老年女士做了一个让人难以解读的奇怪表情，有些蔑视的意味在里面，还有同情。阿德里安知道，她从不喜欢别人把已用过一次的侮辱性话语在如此短的时间内再次重复，从不喜欢别人就只会用这些话而不想点新的出来。

————————

①原文中是"Deal"，这是德语中的英语借词，阿德里安此话的意思是老年女士已经很老了，本不该说这些听起来有些时髦的英语借词的。

冰雪巨人

"但这个秘密可能会让你感兴趣的，"她嘶哑地说着，"那么，这个交易就是：你来画我，我呢，就把这个秘密告诉你。"

"我根本就不会画，所有的一切都是弄着玩的。"阿德里安咕哝着。

"不要小瞧你自己，一米九。"

现在是阿德里安一脸同情地看着老年女士了。这是一个非常陈旧的、她与史黛拉一起分享的笑话，他数周以来已经不再觉得这个好笑了。

"好，那现在再说一次，"阿德里安说，"我不再画画了。"

该死，这就是真相。唯一让阿德里安还想与速写扯上关系的就是把它们一张接一张地撕掉。另外，老年女士的肖像总归只是一个借口而已。阿德里安曾打算画他们所有的人：他的爸爸妈妈、史黛拉的妈妈、法伊特，甚至还有那个假冒姐姐，仅仅只是为了最后问问史黛拉，是否能为她画一张肖

136

像，只需要很短的时间，说实话真的很快。这本会是一张可以开始一段旅途的免费车票，能允许他半个小时就那么只盯着史黛拉看。打住，已经过去了。

老年女士此刻沉默了。

阿德里安此刻也沉默了。

双方相互盯着对方的眼睛，眨都不眨一下，目光交织，一场紧张的、用目光冒险进行着的眼睛舞蹈，坚持到最后的人，坚持到倒数第二的人，目光与目光以及这贯穿始终的沉默。

但是之后，肯定已经过了五分钟，老年女士做了一些不那么像不眨眼游戏的事。为此，她没动手指，没把头转向一边，连胸口都没一起一伏，虽然她可能仍在呼吸。而她就是做了一些改变了一切的事。

她开始斜眼看了。

她的目光毫不费劲地从两边向着鼻子的方向

移动，并以憋气世界纪录保持者的毅力停留在了那儿。她极其高超地保持住自己的目光，而身体的剩余部分则显得就仿佛她看起来再习惯不过了。此时，数周以来第一次，阿德里安稍微笑了笑，轻轻地笑了笑，既非痛苦的笑，也非受到了伤害的笑。数周以来第一次，阿德里安身体里变得温暖了些，他对此根本无法控制，但却很明显地感受到了。

当有人为你做了什么时，那种美好而短暂的暖意。

当有人专门为你侧目时。

而当老年女士过了一会儿一直都还没有眨眼睛，最多也就是暗示性地无所事事时，阿德里安叹了口气说："那好吧。那个你想要送给我的秘密是哪方面的呢？我指的是大概。"

"关于老年女士的，"老年女士说，"关于英国人的。从来都谈不上是赠送。"

"那是什么秘密啊？"阿德里安问。

"你画我。等我的肖像画完成之后，我就开始讲。那么，现在就开始画吧！"

阿德里安再次尽可能不耐烦地叹了一口气，为了比方说不让老年女士认为，他在这里是自愿做这事的。然后，他好容易经过满是纸片的地板，跪下来从一个纸堆下抽出了自己的速写本。

"但你得保持不动！"他对那个其间已经不再斜瞟的老年女士说道。

"不能乱动！"

然后，然后他就开始画了。他心不在焉地用铅笔测量了一下老年女士的脸，阴影线勾得太早，把阴影涂错了位置，皱纹也画错了位置，额头画得太低，鼻子画得太长，把老年女士嘴部右上方的色斑画得很丑，捕捉到的是一位陌生女人的眼睛，而非史黛拉外祖母的那炯炯有神的眼睛。当这幅画完成时，阿德里安发现，那个东西从现在起也在回避他了：绘画才能，曾是最后一样还完好在他身上的东

西。他双手拿着有这张糟糕透顶的肖像的速写本，迅速将它撕下来，默不作声地递给老年女士，已经做好了挨耳光的准备。

　　但老年女士让这张纸落在了自己的大腿上，看都没看一眼。她现在似乎开始颤抖了，把手握成了拳头，眼睛下面挂着新出现的两个黑眼圈，说道：

　　"好，那我现在就开始讲吧。"

第 11 章

圣诞节

"圣诞节时，"阿德里安的爸爸声称，"要接待的朋友和亲戚比一整年的都多。"未曾料想到的人从他们的藏匿地爬出来，大晚上打来电话，在打折时买来的圣诞卡片上写上祝福的话，突如其来地又开始现身了。那些一整年都只在走廊上嘟哝着打声招呼的同事，都想与阿德里安的爸爸碰面再喝一小杯，仿佛圣诞节一过世界就会准时毁灭一样。当地的人给阿德里安的父母发来品尝热红酒的邀约，通讯录上那些万年都不怎么联系的人突然就来把友谊隆重地公之于众。此时，阿德里安知道，爸爸宁愿一个人待着，在他眼中，这整个的圣诞闹剧都是骗局，并且从上至下都被搞得太夸张了，而热红酒原本就是对饮酒人所犯的重大罪行。

　　与爸爸的这一看法相左，阿德里安还从未像现在这样拥有如此少的亲戚和朋友，在这个糟糕的圣诞节期间。自从老年女士离弃了他的房间，同时还顺带着离弃了其唯一住户之后，阿德里安最终消失在了公众的视线中，甚至他自己也说不出自己到底在哪儿。

　　这样一来，出现的情况就是，自己能够藏得连自己都找不到，终极隐藏，不再能被触碰。此时，大多数人甚至连给自己的脚挠痒痒都不会了，连笑都不会了。

　　老年女士前脚刚离开，阿德里安就下定决心要寻找一处藏匿地。他的房间不太适合作为"不再存在"藏匿地的地方，因为他在那儿再也不会觉得舒服了。虽然这个房间远超其他，是这世上最安全和最隐蔽的地方，甚至妈妈也能够克制住自己，在阿德里安在的时候不进去。

　　通常情况下，她本不可能让这些速写纸在地毯

上放一天的，她本会随便找个机会就投身于清洁工作，把所有的一切都清扫干净，之后至少还用吸尘器吸一个小时的。但是她对此并不在意，任由儿子的房间纸张满地，只是时不时地偷偷从角落里的衣服堆中拿走一件脏衣服，悄悄洗干净，之后再马上放进衣柜。她似乎真的相信，阿德里安没有觉察到这些。

那他爸爸呢？他反正很少进阿德里安的房间。他是这个片区最好相处的男人，并且非常愿意将自己置身于一切事务之外。在前几个周末，他每次都表现出仿佛对这种情况完全不知晓一样。他甚至给阿德里安带来了新拍的站台人像照，在被自己儿子莫名其妙地吼了一通之后，眉头微皱地过渡到了循规蹈矩的周末生活中。

他爸爸，如同坐落于群山中的房子一般与世无争。每每有家庭庆祝活动，他都是第一个上床睡觉的，因为当听到远处的说话声时，他能更好地入睡。此外他喜欢的还有亮闪得有些尴尬的跑步裤，然后还有周五晚上，当在家打开信箱，上千封信落在他疲惫的手中。这是阿德里安父母之间的一个秘密约定，阿德里安的爸爸在这一生本该从不承认早已看穿了妻子的做法，并早就知道，她把一周的信件都搜集起来，每周五又再塞进信箱里。阿德里安明白了，爸爸正是这么个人。

很轻巧地就能被取悦。

但在秤上却很沉。

没有人能够在世界毁灭时还值得信任。

在老年女士逃离后刚好一天，阿德里安才最终知道他能够藏身于何处，或者更好的表达是如何藏身。因为的确没有地方供他藏身，一个地方也没有。

也就是说，他通过自身的移动来隐藏自己。

通过无休无止的移动。

至少在放学后的那些危机四伏的时刻。

冰雪巨人

每天下午，他都步履笨重地穿过这个片区，然后爬上泛白的小山，或者沿着乡下公路的路沿走，就是不停下来，无论如何都不停下来，因为停下来就意味着无处藏身，停下来就意味着自己将被他人的目光所侵蚀，不，不能停下来，一直继续穿过雪地，踩在鞋印之上，把积雪踩得咔嚓咔嚓、嘎吱嘎吱，走在从未有人走过的路上。

在冰雪中的这些时光，对于阿德里安来说是唯一还可忍受的时光，甚至让他都忘记了老师们说的那些令人沮丧的句子：

阿德里安，下课之后来一下。

你的成绩，你的配合，你的脸。

如果我能帮助你，那就请告诉我。

换种说法不外乎就意味着：

阿德里安，听着，你为什么不再像以前一样那么无聊了呢？

而总是在听到那些句子后，在下午放学后，阿德里安艰难地穿过雪地，穿过飘着雪花的乱糟糟的空气，这空气闻起来有烟的味道，有从前的味道，有一无所有的味道。他有两三次甚至还经过了神秘屋，一边不停地走着，一边朝着上面二楼的那些亮着灯的窗户瞧，就朝着那儿，朝着不知在哪儿隐藏着那个秘密的地方。

一次，他认出了在一扇窗后面的她，塔玛，她正探下身，然后又直起，发现了在街上的他，并立刻把窗帘拉上。在这短短的瞬间，她看起来惊呆了，而阿德里安几乎很享受这种景象。他愤怒地昂起了头，离开了神秘屋，又继续做只不过是一个隐藏在自己的移动中、暂时无法被折回的倏忽而过的人。

有时，他想起了冰雪女王，想起了格尔达，那个像他一样在冰雪中艰难前行的、但在任何人面前都不会逃跑的女孩。他还很清楚地记得老年女士当时念的那段，"是如此寒冷，以至于她都能看得见

自己的呼吸"。不，格尔达在任何人面前都不会逃跑，一步也不会，她也不必隐藏自己，甚至也不用害怕在家里太经常地站在镜子前，不用害怕让自己的那个长长的镜像嘲笑自己。她就仅仅只是动身上路，因为她想要带回一个已经消失了的人。

但是好在像这样的事他压根儿不必去想，反正他在踩得雪地嘎吱作响的逃亡途中也不可能带得回史黛拉了。他压根儿不用提醒她去记起那个誓约，或者记起他自己，阿德里安。

一九零加四。

有时，当他已经走得足够远时，阿德里安会突然停住，因为他的双脚已经迈不动步子了，还因为他处处都有一种感觉。

他只是很短暂地感觉到，但却极其清晰。

多么。

她是多么地。

她是多么地不再在了啊。

然后，他每次都很快地继续前行，通过这可怕而十足的寒冷，踩在雪橇印痕和还未被别人踩过的、让一切的一切都变得可见的积雪之上。阿德里安时不时地紧闭双眼，仿佛由此就可以忘记过去几年的圣诞节一样，忘记那些史黛拉从他那儿得到的速写一样，忘记史黛拉送给他的礼物一样，所有的都是大体量的礼物。

这一切都将不再会有了，一点儿都不会有了，这是显而易见的。或许，最后仅有的就是：阿德里安压根儿不会在史黛拉、老年女士或者妈妈面前隐藏起来，而是拖着沉重的步伐逃离一切，逃离这个即将来临的圣诞节，它越临近，厨房的收音机里就会越经常地放着《我正开车回家过圣诞》这首歌。

以前，当生活还差不多是它应该是的样子时，阿德里安常常问自己，为什么这个歌手虽然用那些他通过这首歌挣的钱坐飞机也绰绰有余，却总是开车回家？阿德里安曾思考，世界上是否还有任何一

个人觉得这首歌很优美。有一次他甚至还思考过，当我们在四十年后从昏迷中苏醒，打开收音机，此生中第一次听到这首歌时将会是什么样的感觉，以及我们是否有可能会想，哦，瞧瞧，这是一种全新类型的音乐。

今年，阿德里安关心的完全是别的东西。他默不作声、缓慢地吃着节前那些特有的食物，收音机里咿咿呀呀地放着圣诞歌曲，比过去的几年都响，或许为了用令人尴尬的伤感吟唱来填满这厨房中的沉默。

圣诞节越来越近，根本就没想过绕道避开这个城市，或者将自己隐藏在这所有的、大规模从云中坠落的积雪下面。

而越来越确定的是，有个圣诞礼物得不到了，越来越确信的是，他自己将不会为史黛拉准备礼物了。但阿德里安什么都不能做，能做的就仅仅是忍受圣诞市场上那甜得过分的臭味，继续带着冰冷的脚趾步履笨重地穿过积雪，像潜入一个冰冷的池塘一样潜入这严寒之中，继续走，继续一深一浅地走，一直继续，继续，而一天早上，醒来才知道，太晚了。

才知道没有推迟，也没有一丁点儿慈悲。

二十四号了，清楚得不能再清楚了。

这一天到了。

马龙一家会为了圣诞祝酒过来，带着香槟、矿泉水和橙汁，就仿佛已经是除夕夜或者其他什么最后的一天了。

曾经一直就都是这样。每年的相聚正如圣诞树或者圣诞马槽一样都是属于客厅的固定项目，这或许曾是史黛拉妈妈不知何时提出的主意。没人还能很准确地记得了，而为何会有这样的主意，也没人能再准确地回忆起了。而这个主意，对所有人来说都是一件好事，甚至对阿德里安的妈妈来说也是如此。因为虽然她总是没有百分之百地被老年女士说

服，但每年似乎也为这样的仪式而感到高兴。

马龙一家总是只会待上一小会儿，最多一个小时。而这一个小时，每次都是整个圣诞期间最幸福的一个小时。这是阿德里安和史黛拉的时光，是他

们在他房间里度过的时光，与其他人那洋溢着节日气氛的、微醺的说话声隔着几个世界的距离。

他们交换礼物，谈天说地，就仅仅只是坐在那里，奇特的是，他们平常也经常这么做，不，是曾经也经常这么做：就仅仅只是坐着，要么在他的房间，要么在她的。这是节日日程中唯一让他觉得温暖的节目安排。

第 12 章

圣诞来访者

"快进来吧。"阿德里安的妈妈说。

"你们真的是被冻透了。"

"快来，都快被冻僵了吧。"

这些被冻透了的人此刻正一步一步地滑进屋子，他们分别是：一半身体都带着桉树味道的爷爷奶奶，再也没有丈夫、但帽子上却滑稽地积了很多雪花的外婆，最后还有阿德里安的姨妈，她虽然是妈妈的姊妹，但身高却一点儿都没超标。

自阿德里安记事以来，这群颤颤巍巍的人就是圣诞来访者了。通常情况下，阿德里安和爸爸每年都在欢迎仪式之后很快就溜进厨房，就是为了翻几分钟的白眼。

阿德里安原本一点儿都忍受不了这些圣诞家庭

访客的：如同爷爷奶奶和外婆之间关于髋关节对话一般乏味的葡萄干蛋糕卷，家里那些信教的人在教堂里度过的那段被扯得长长的时间，以及直到所有访客最终都再次消失时的那段无休无止的时间。

这一次，阿德里安连一个白眼都没有翻，与往常一贯做法不同的是，他也没打算提前离开这个并没有什么特别之处的欢迎仪式。反正他与往常已经不再有什么关系了。阿德里安像个机器人一样握住了长辈们伸出的代表着问候的手：爷爷那硬邦邦的干裂的手，奶奶那没有力气的手，外婆那抹了手霜的手，最后还有姨妈那滑溜溜的手。

此后，他还在那儿站了很长时间，双手揣进裤兜里，没有任何感觉。再后来，在客厅里，他坐在沙发上，躲在自己茫然翻看着的电视节目杂志构成的屏障后面，同时任由爷爷奶奶和外婆用沙哑的声音聊着天，如同蜂蜜一样慢慢滴下的时间，咖啡的

味道、老态龙钟的味道和姨妈的味道，不知何时还传来了妈妈那充满圣诞气氛的叫喊声，所有人都该上桌了。

她在一周以前就已经开始再次跟阿德里安讲话，讲的内容已经不限于不得不说的话了，甚至每天能说上四五句话，这是带点水分测出的配给定量。特别是考虑到阿德里安总是仅仅用单个词来作答，还在他说话时那些像微小水滴的词就已经蒸发掉了。

也许妈妈就只是为了这个圣诞假日而进行了训练，以便没人能注意到丁点儿家里的沉默气氛，以便她能够不打结巴地说"阿德里安，把糖递给我"，以便她能够说"阿德里安，现在去帮一下外婆"。也许她才不得不再次学习了该如何与自己的儿子交谈。她敲掉了那些已经很久都没使用过的妈妈话语的铁锈，每天他都能感受到，她是怎样就那么好几秒不间断地注视着他的。

即便这并没有什么用。

即便对于阿德里安来说，什么都不再会有用了。

而当他在吃两口蛋糕卷的间歇听到姨妈的说话声时，他还在想，反正满身香水味的姨妈所问的问题也不再会与他有何关系，完全不用在意，并且她的确也并没有问他，只是看着他，然后对着大家说："那么，"她一边问，眼睛里一边流露出一点点幸灾乐祸的神情，"现在是什么情况？开始喜欢女孩了吗？"

阿德里安全身都红了，里里外外都红透了，整个人都想要直接钻进用于圣诞餐的咖啡杯里，他想死，阿德里安·泰斯，还被人惦记着，他想哭，想睡觉，想不再回来，不管在哪儿都再也不回来。他脸涨得通红，对姨妈报以沉默。她只好立马自己用烟嗓子说道："的确，小男生，还并不合适，对吧？"

那些大人都有礼貌地笑了起来，阿德里安的爸爸也有些笨拙地跟着笑，只有他妈妈盯着咖啡杯看，一言不发。

但姨妈继续说着，她总是不太有同情心，却徒劳地试图将这一点隐藏在自己浓厚的香水味以及过于花哨的连衣裙后面。

"小子，"她说，"你本该也还压根儿没时间琢磨这事呢，不是吗？你得经常去看医生呢。"

阿德里安的妈妈让自己的勺子重重地掉到桌子上，而阿德里安能够想象，她此刻最想把这勺子扔到她姊妹的头上，或者更好的是把整个刀叉盒都扔过去。她们俩的关系反正也不是很好，主要是因为妈妈比她的姊妹高出一个半的头。阿德里安的妈妈虽然能原谅老天当初没有阻止她生长，但她姊妹身高正常，未继承她们那巨型的、即使其间已经成灰的父亲的基因，这一直都让她觉得不舒服。

"伊雷妮。"阿德里安的妈妈说，没能设法让自己看起来很严肃，她表现出来的充其量不过是这副可怜的神情罢了。

"伊雷妮，别在今天！"

"但是阿德里安想要……理应……接受这种激素治疗啊……"

这次，阿德里安的妈妈甚至设法流露出了有些轻蔑的眼神。

"这小子……还没有到那种地步，他顾自己都顾不过来呢。"

她正经八百地把这话说了出来。

"那么，现在就开始用餐吧，我们得进厨房了。"

而阿德里安心想，小子。

恰好与"一米九"相反。

他甚至都没法料到别人此刻在想什么。所有人都只是默不作声，喝着东西，也不知道该如何安

放他们那被败坏了节日兴致的目光。只有阿德里安的爸爸试着讲了一个很复杂的关于历史学教授的笑话，与纳粹致敬手势和网球肘扯得上点什么关系，但没一个人笑，坐在桌旁的所有人都沉默不语，吃着蛋糕卷，喝着咖啡。阿德里安看到爸爸的脸变得红一块白一块的，每当他讲的笑话没人捧场时都会这样。

之后，当妈妈、姨妈和外婆都去了教堂时，阿德里安走进厨房，拖着疲乏的大长腿站在露台门旁，干了件他好久好久没有干过的事情。

他朝对面看去。

朝着马龙家的厨房看去。

他曾总是为看不见谁正在厨房里而感到遗憾，这些连体房就不具备这样的特性。就是现在，他除了一道微弱的光之外就什么也辨认不出了。或许老年女士由于疏忽大意又在看那些讣告，或者那个冒牌姐姐正趁着圣诞节在家做客并偷了支香草香烟，又或者史黛拉坐在餐桌旁，用她那密密麻麻的字将一张礼物卡写得满满当当，正用潦草的字母拼写着"送给老年女士"，或者根本就什么都没写，最后就只是坐在桌旁，用勺子将巧克力奶油从杯子里舀出，或许史黛拉……

史黛拉。

史黛拉·马龙。

中等个子，消失了。

消失了。

阿德里安站在露台门旁，想念的是那再也不会有的东西，想念的是史黛拉送给他的那些巨型礼物，例如那非常难看的室内塑料棕榈树，那三百克一板带有饼干夹心的巧克力，那巨型的金刚海报，而最想念的，最最想念的，还是前年送给他的那张CD。

他们坐在他房间里的地毯上，交换着礼物，阿德里安第一次能够小心翼翼地将一幅画着史黛拉手

的速写送给她，而史黛拉则送给了他一份包装好的小礼物，那礼物非常小，算不上是巨型礼物。

此刻正把双手压在玻璃门上的阿德里安，一直都还能看见自己坐在地板上，旁边就是史黛拉。她正用食指抚摸着那幅手部速写，然后毫无预兆地转向他，双手捧着他的脸，拉到自己的脸旁。

所有距离中最遥远的距离。

阿德里安现在都还记得，当时史黛拉的脸庞是多么滚烫，她的呼吸闻起来有股止咳糖的味道。他现在都还记得，当时那种感觉是如何席卷全身的，那种由渴望、惊恐和炽热的心组成的美妙却又带给人痛感的浪潮。当他后来打开这个小包装时，他发现了这张CD，上面写着"地球最高者"。

这是一位歌手的名字，虽然他唱歌时用的是咯咯咯的米老鼠声音，但阿德里安还是把他的歌听了一整晚。每一首都很悲伤，并且完全都是徒劳无果的。有一次，大晚上了，他爸爸甚至还透过门喊道："哦，鲍勃·迪伦，一位伟大的人！①"这让阿德里安笑了起来。但这些歌却依旧很悲伤，而听每一首时，阿德里安都觉得他并不悲伤，他，当时都能感觉得到史黛拉呼出的气息，他的脸颊被小心翼翼地推入了一个崭新的、燃烧着熊熊火焰的世界。

门玻璃。

它是冰凉的。

阿德里安感觉到自己在敲门，用他扁平的手掌敲着门玻璃，他没有哭，最多就是过敏了，房子里的灰尘、圣诞节的蛋糕卷，这些过敏的眼泪一直经过下巴流下，但他将它们拭去，一次次地敲打着门。该死，以后她来了也不会跟他说一句话，该死，以后她来了也不会送他什么东西，以后，她将用双手捧着另一张脸，而不是他的脸。

---

① 原文这里用的是"ein ganz Groer"，有两重含义，一是代表"伟大的人"，二是代表"个子高的人"。

冰雪巨人

露台上有着一层厚厚的、还没被留下任何痕迹的、几个小时前才下的雪。此刻雪停了，但今早广播里建议说，因为这可能会是一年中最冷的一天，零下低温之类的，所以最好不要去野餐、冬泳和穿短袖的圣诞老人化装服。但是，这严寒和这些并不精彩的广播玩笑，与他又有何相干呢？

完全不相干。

反正他今天也不会再出去，无论移动得多快，露天的圣诞夜都并非特别理想的藏匿之处。整个上午阿德里安脚步笨重地穿过了整个片区，沿着路走，爬上了小山坡，在那儿他就已经感受到了最寒冷的严寒，即便是戴着帽子和围巾也被冻得不行，不，他今天本来就不会再出去了。

他听见了上面客厅里的那些说话声。等其他人都走了之后，爸爸和爷爷奶奶似乎变得活跃起来。总有人在笑，或者欢快地提高了嗓音，此外还总有一些圣诞合唱将其讯息传出了屋子："乐起来吧，乐起来吧！"而阿德里安却高兴不起来，他已经好久好久都没见到史黛拉了。

他将露台的门拉开，胸感到了寒冷，头也感到了寒冷，然后他又很快地把门再关上。对面马龙家的门也是如此很快地被打开又关上，可见，它跟这道门一样也很少被上闩。阿德里安一直都还能感觉到下午那冰冷的手，继续朝对面望去。

阿德里安站在那儿，站了如此之久，超出寻常地久。在他站立的地方，时间停止了，他看呀看，却什么也看不见，他呼吸着，却又没有呼吸，不知何时背后有人在喊："快来，交换礼物了！"在他后面，在没有他时间仍在继续走的地方，在妈妈站的地方，在更后面，在其他人已经开始用很多礼物包装将客厅变得乱糟糟的地方。

这是第一次他没法为这些礼物而感到高兴，这不仅仅因为父母对他冷冰冰的态度，所有的都表明，负责圣诞采购的妈妈远还没有原谅他。他没法

感到高兴的原因主要还在于，在这整段时间，阿德里安都不得不想象他和史黛拉将会如何相遇，在这之后，最多就在半个小时之后，不得不想象他们究竟还会不会相互看着对方或者还会不会短暂地聊会儿天或者承认，他们在此生中曾几何时已经见过面，哎，你还记得吗，当时的事？阿德里安站在客厅里，不知道在所有还没发生的事情之后将会出现什么情况。他突然感到遗憾，他与妈妈的这个上帝没有特别好的沟通渠道，否则他现在就能为"谁知道去哪儿"而祷告了。

随便去哪儿都行。

反正远离这里。

之后他听到了正在露台门旁的大抹布上敲掉雪渍的鞋子摩擦声，他听到了在这连体房的积雪上留下了第一批日间脚印的脚步声，就是他们，他们所有人都进入了客厅：染红的头发中冒出白色发根的老年女士，让整个房间都弥漫着香草味润肤露的史黛拉妈妈，当然还有慢腾腾地跟在后面的法伊特，之后还有他的女儿奥利维亚，她就是那个假冒姐姐，也就是说她正在休圣诞假。加上已经在的那些客人，就出现了引人注目的一小堆人，他们相互祝愿幸福，祝彼此快乐或者送上其他的祝福，喝着香槟和果汁，这个房间被人塞得满当当的，连逃离通道都不再有了。

阿德里安站在那儿。

站着。

一只手紧紧拽住一根银杉枝，什么都听不见了，感到脸上变得滚烫，明白了他之前一时半会儿还没有注意到的事情，哪儿都没有逃离通道，史黛拉！他在头脑中大声喊着，感到了手上银杉枝带来的疼痛，史黛拉·马龙！

但这什么都改变不了。

史黛拉并没有跟着一起来。

偏偏是那个假冒姐姐，她大声地宣布着别人或

许早已注意到的事。当她和她爸爸搬到马龙家时，她就已经有这样的举止了，那时她就能带着一张友善的脸说出那些最让人难堪的话，并且其间她的微笑从未消失过，特别是当评论阿德里安身高时，从来都是带着微笑的。

她甚至原本就曾是所有那些有关庞然大物信息的起因，直到前不久，史黛拉还给他送了那些庞然大物的信息。史黛拉把所有那些高楼大厦和巨型山脉摆到阿德里安面前，仅仅是为了让他能够躲藏在这些东西后面，让他不再受这世上任何假冒姐姐的伤害。

但是史黛拉已经再没有什么剩余的庞然大物可以给他了，这个坏冒牌货可以不紧不慢地啜一口她的香槟，然后宣布说："史黛拉让我带来她的美好祝愿，可惜她有事来不了，但是，哎呀，她……"

"可以了，奥利维亚！"老年女士阻止她继续说下去，但已经太晚了。阿德里安终于用愤怒的力量扯了扯自己一直拽在手里的那根银杉枝，由此他虽然没扯倒圣诞树，但总还是将一个挂在树上的玻璃球弄了下来，啊，噗——没有逃离通道了，但无所谓，现在有了一个，他费劲地穿过房间，用眼睛的余光瞄到爸爸是怎样耸肩注视着这一回合的。当然，阿德里安心想，别的他也根本不会了，他就只会和和气气的，只会把葡萄干塞到木偶羊的屁股下面。他真的不知道自己的儿子过得好不好。阿德里安知道这点，他恨这种情况，恨这里的一切，恨他那吓得一口干掉杯中香槟酒的妈妈，恨这个神经大条的假冒姐姐，甚至史黛拉那正在摇头的妈妈和老年女士，对他来说都完全不重要了。阿德里安冲出了客厅，将门在自己身后砰的一声关上。

他在外面站了一小会儿，关门时的撞击声在耳边挥之不去。客厅里现在没什么声响了，或许所有人都愣住了。无所谓了，阿德里安想要走到对面自己的房间里去，一步，又一步，停住了脚步，他身

后的门打开了，有人从后面拽住他的套头毛衫，让他没法走，而……

"该死，放开我！"阿德里安咒骂道。

"只要你不跑开我就放手。"老年女士说。

阿德里安转过身来。

"你就不能让我静静啊！去找史黛拉吧，去找你那些讨人厌的新朋友吧！"

"你认为史黛拉过得很好，是吧？"老年女士问，有些轻蔑地看着阿德里安。

"那我究竟还能怎么认为呢？"

"对于史黛拉来说也不容易。你的所作所为，你所说的话，你就那么离开了，对她来说也不容易。"

"我没有离开！"阿德里安斥责老年女士说，"是史黛拉离开了！"

"唉，一米九。"

老年女士短暂沉默之后说道："如果你至少能

说说，如果你能够告诉她你的真实感受……"

"我什么？停，真是的，别说了！"

"阿德里安，所有人都很担心你，我们家也一样，相信我。"

他们在议论我？

令阿德里安厌恶的想法就是：马龙一家坐在饭桌旁谈论他，他们吃着，喝着，时不时还说："的确，这个可怜的、丑陋的小子，但他究竟还能不能控制自己呢？"他们没法理解为什么他会如此胡闹，或许有时还有根本不认识他的、却仍忍不住对此添油加醋的人在场："就是嘛，如果所有人都这么精神失常的话，那我们该怎么办？"

"你们就不能谈点别的东西吗？"阿德里安大叫道，"你们压根儿什么都不知道！并且史黛拉对我而言反正已经无所谓了。"

阿德里安想要转身走掉，但老年女士在跟前将他的套头毛衫攥得死死的，也许是出于时髦的原

因，以便衣服能均匀地被撑大。

"说出来！"她说。

"总得说呀！"

"一米九，拜托了。"

之后，阿德里安自己使劲挣脱了，迈着大而重的步伐逃进他的房间，想要再次把门从身后砰一声关上。但在最后一刻，他还是让门开着，然后慢慢地、轻轻地将门关好，他几乎为这关门的轻微响声而感到欣慰。

第 13 章

最冷之夜

夜里，已经过了多久了呢？阿德里安醒了，躺在数千张纸片组成的床单上，躺在这些疲惫不堪的、被撕碎了的速写画上，一直都还没人把它们从地上拾起来。他戴着耳机，但耳机并没有再与那个小巧的、浅荧光蓝的音响连在一起。此刻，他想起了自己曾用音响听过"地球最高者"及其那米老鼠般的嗓音唱出的痛苦，这痛苦深深地、深深地钻进了他的耳朵。

他不知道在自己离场之后的这几个小时里，还有没有人曾试图来找过他，如果有的话他也完全不知道。他的门在这整段时间都是锁着的，在他耳畔萦绕不去的是"地球最高者"的声音，阿德里安内心的一切都在颤抖、诅咒和叫喊。

现在，屋子里一片寂静。客人们肯定早已走了，连那遥远的、已变得不洪亮的午夜弥撒钟声都不再回荡在空中了，屋外没有，屋里没有，四处都是漆黑的寂静。阿德里安坐起身来，他能感觉到自己每一块冰冷的骨头，它们是年度最冰冷的骨头。

突然，他想到了老年女士以及她在他进入房间这段短短的距离里对他所说的话。"说出来，"她说，"说吧。"阿德里安吓了一跳，现在他知道了，必须说出来，必须说，他想去史黛拉那儿，即刻。他将不得不把她叫醒，但本来就没有别的办法了，此外，史黛拉以前也经常把他从床上叫起来。

他能说什么呢？

怎么说呢？

他不知道，但这都无所谓了，到了对面他自己就会想到说些什么，也许所有的话自然而然就冒出来了。史黛拉可能会向他提问，他仅仅只需作答就行了。对，我讨厌那个塔图。不，我不讨厌你。

拜托告诉我，你究竟什么时候才会再次叫我"一米九"？

他是穿着牛仔裤和套头毛衫入睡的，这就够了，就穿越露台的这点路他也不会加上件夹克，他需要的仅仅是鞋子而已。他穿过走廊潜入厨房，突然觉得，所有的一切都得很快完成才行，一生就这么一次。于是，他连运动鞋都没穿就开了门。

天啊，不。

当他穿着袜子踏上露台时，他的双脚叫唤了起来，胸口也在叫。异乎寻常的寒冷，仿佛一大堆被磨得锋利的刀子掷到了他身上，仿佛一片让他无法从浪潮中抽身的冰海，仿佛一双想要测量他的身形而沿着他的身体轮廓游走的冰冷的手。阿德里安加快了速度，为了能迅速钻进马龙家的厨房。他踩着所有都不是源自史黛拉的鞋印，去和回的鞋印，深深地踩下去，坚决而果断，之后他就站在了另一扇露台门前，想将门推开。

他曾如此经常地做过此事。

几乎一生都在做。

用力推，推开。

当门并没被推开时，他还没立刻明白。或许这门被什么给卡住了，或者被冻住了，又或者门甚至都变形了。当他推了一会儿门，他的脚趾、他的指尖、他的心开始被冻得叫苦连天之后，他才明白了是怎么一回事。都很清楚了，冰冷冰冷的，无法粉饰的冰冷。他明白了，就在此刻，就在此地，所有的一切都是如此一清二楚，清楚得他的腿几乎都瘫掉了。

史黛拉。

她把厨房门给锁了。

两间房子被隔开了。

阿德里安本可以重重地敲几下门的，他本可以大喊大叫的，直到有人听见为止，只不过，他不想吵到那个肯定在好几个小时前就已经入睡了的老年女士，真该死，这夜就是一个冷冻室。里面一片漆黑，他觉得厨房很陌生，就像在别处一样，不知为何，当透过门玻璃看时，所有的房间看起来都很陌生。

但我们想安静地待着的话，能做什么呢？能做的只有等待罢了，仅此而已，因为等待是悄然无声的，对，现在他知道了这点，他会干脆就这么等着，直到史黛拉走进厨房，然后到露台上。

阿德里安走向没有加软垫的裸露的好莱坞秋千，坐到上面，秋千嘎吱作响。一瞬间，他疲惫不堪地想到了加伊，想到了格尔达，想到了冰雪女王，你们在哪里？格尔达经受住了严寒，她在暴风雪中迷了路，就像他一样没有穿鞋，所以他也能够忍受得住这已经被打湿了的袜子和脚底的寒冷。

此时，冰冷的刀子来自四面八方，所有的一切都在哀泣，脚趾、手指和脸颊。阿德里安的身体蜷成一团，但他仍然坐着，等着，没有放弃，三次冒

着白气的呼吸，之后还有上千次，他呼吸变得困难了，冰冷的呼吸，但是，得继续，继续，现在开始发抖了，全身上下开始冷得颤动，身上被冻得红一块紫一块，他似乎看到自己点燃了根火柴，仅有的一根小小的火柴，就是这样。

阿德里安还记得这是怎么一回事。老年女士曾给他们读过《卖火柴的小女孩》，她蜷缩着坐在门口，就那么给冻啊冻啊冻。史黛拉和阿德里安那时就觉得非常伤心，并且做了噩梦，史黛拉的反应更甚于他。

想到这些，一种冰冷而猛烈的感觉贯穿他全身，小女孩那在门口的已经没有生命体征的身体，围绕这个故事而产生的遗憾，之后，这种感觉就消失了，他想，站起来总归还是可能的吧，所以他就尝试着，站——起来，失败了，站——起来，失败了。

尝试毫无意义，阿德里安仍然坐着，他确实

没法站起来了，那湿透了的双脚不听他的使唤。那个"地球最高者"是不是也曾经历过？那个巨人是不是也曾带着他那微弱的被冻结的嗓音在秋千上坐过，并且没能再站起来？阿德里安听见自己正在哆嗦着的脑袋中唱着："好吧，他将永远在这城市漫步，"地球上最高的男人唱着，"噢，走在消逝的时间里。好吧，如果你是认真的，那就没有真正的再见了。所以，嘿，我猜我会永远孑然一身。"

但有一点至少是确定的：人如果被冻僵了，那么就不再会继续生长了。

为何他以前从未想到过这点呢？

阿德里安颤抖着，刺骨的寒冷，他身上发生的一切就是冷得牙齿打战，冷得起都起不来，但是活着，是他想要的，只是不想要再长高了，不想要再成为他自己了，仅仅还想要继续发抖，冻僵，而不想要再长高。等待，对，就是等待，他要的是等待，他要等的是史黛拉，史黛拉·马龙，因为他最

终想要在这寂静的夜说出来，这不再神圣的但离结束还早的夜。

就是在找死，他心想。阿德里安的肺在身体里冰冷地、破碎地抱怨着，"阿德里安·泰斯与世界告别"，他一直都还没法站起来，但是站起来了又能怎样，能怎样？当他这些年来连这件如此简单的事情都一直还没完成，那史黛拉又会怎样看他呢？虽然他一直都站在她面前。

他被灼烤着，被冻僵了，不能哭，只是还能等待，只是还能坐着。在这里，他曾经多么经常地不想再起来啊，与史黛拉和老年女士一起，那些时光曾经是多么温暖啊，那些时光曾经是多么像热可可一样有滋有味啊。

他的牙齿一直都还在嘎嘎作响，只是现在慢了些，少了些，而颤抖的程度也轻了些。但他本来就不再很准确地感觉到这些了；他能够感受到的一切，就是当时那带着止咳糖味的呼吸，它曾是如此地近，如果身旁有如此的呼吸，没有人会被冻僵。在脑海深处，阿德里安知道：他现在必须得起来了，此刻，因为之后所有的一切就都会太晚了，会被冻得太僵了。他颤抖得越来越少，真的，但之后仍没有站起来，而寂静，现在听起来更加寂静了，并且离得更加远了，时间已经过了多久，他在这里已经坐了多久，多少小时，多少分钟，就如同……

此时就发生了一些事。

阿德里安感到肩上有点儿沉，有人，也不知道是谁，用一条毯子裹住了自己的肩膀。亮些了，天色也变得亮些了。阿德里安看得见雪在闪着光，简直就像一片片小小的剃须刀片，他都能感觉到这些刀片就在自己全身的皮肤上，即便在毯子下面也无法摆脱它们。站起来，站起来！现在他终于成功了，他站起来了，因为有人的的确确真真切切地在他耳边轻声说："站起来！""拜托！"并把他像个孩子一样抱住，小心翼翼地用毯子把他往上提。

冰雪巨人

这个人。

他支撑着他，轻声耳语着迫使他被冻僵了的穿着袜子的双脚迈开步伐，这时，有了嘎吱作响的一步，然后又有了一步，脚趾生疼，但是继续，继续前行。"我们做到了！"阿德里安开始往下倒，但他没有倒下，两只手撑住了他，然后这双手的主人将他轻柔而无声地推进黑乎乎的厨房，随后又推进客厅。他帮他坐到了沙发上，又用屋子里所有的毯子将他裹了起来，的确是无数的毯子，阿德里安禁不住偏偏想到了食品包装上那些荒谬的食用建议：把十片火腿肉放到一片麸皮面包片上。

这许多、许多的毯子。

但不知怎么的，这并非是值得大惊小怪的事。

阿德里安的爸爸总是喜欢夸张行事。

第 14 章

阿德里安生病了

这些毯子就像重重的棉絮一样把阿德里安压到了沙发里，但是寒冷的感觉就是停不下来，这也是阿德里安唯一能感觉到的东西，这是泰坦巨神的战斗，一米九对阵圣诞严寒。所有其他的一切他都能看见，能听见，但它们是与他相隔离的，而并没有与他的世界相隔离：他那沉默不语的爸爸，正徒劳而又一言不发地给他搓着手臂，他妈妈突然站在了客厅里，立马开始哭起来，不停地喊着："不！""发生了什么？"然后又是他爸爸估计是有生以来第一次朝着她大声斥责道：

"消停一下吧！你现在去煮点茶，加点白糖进去。这小子现在需要喝点糖分重的茶。在烧水的时候，打电话给医生，就这些了，其他的这小子现在

也不需要！他现在特别不需要问题，明白了吗？"

迷迷糊糊中，阿德里安无意中看到了妈妈是怎么当场止住了眼泪，爸爸此刻是怎么沉默不语地为他搓着双脚的。他的双脚一直都还冒着冰冷的寒气，仿佛那些刀片一刻不停地一直在里面钻着，他全身的血液肯定都被冻住了，不知何时，他迷迷糊糊地睡了过去，然后，当爸爸轻轻摇醒他要给他喂那齁甜齁甜的茶时，他又有了意识。茶从喉咙立刻浸入身体，但都一直还没有让他暖和起来。盖着如此多的毯子，胃里装满了茶，他却一直还是觉得冷，并且如此疲惫，非常疲惫。

后来，当他再次闭上眼睛时，他能听到专门过来给他量血压、测脉搏的医生的说话声："之后才能洗盆浴！""不要搓双脚！""需要观察！"慢慢地，很缓慢地，他变得暖起来了，又重新睡了一觉，又再次醒了过来，现在什么时候了？已经早上了吗？

之后他听到爸爸是怎么说的：

"来。"

"紧紧地靠着我。"

"我撑着你。"

阿德里安任由爸爸把自己拉起来，撑住，一厘米一厘米地带向浴室，途经妈妈那沉默黯淡的双眼，之后就发生了他自己能想象到的最尴尬的事，如果自己不是这么虚弱的话，根本不会让此事发生，此生绝不！但他还是任由此事发生了。毫无力气，脑子被百万条毯子裹住了，此刻他看到爸爸是怎样给自己脱衣服的，套头毛衫、牛仔裤、内裤，脱了如此之久，直到他完全白条条的，一丝不挂。

突然，他又再次感到了一些与寒冷无关的并且恰恰相反的东西：他感到了爸爸温暖而厚实的手在他凸出的肋骨上很快地抽搐了一下，他的粗手指，大小正好能放在肋骨上，就像量身打造一样，而通过爸爸的手他自己也能感受到，在过去的几周自己变得多么瘦削和单薄了。

他吃的东西仅够维持生命而已，其实就只有晚上和周末时才吃，然后就是有人监督时才吃。这一整段时间他都在走路，也没人觉得有什么不对劲，因为瘦子变得更瘦显然不会再引人注目了。但现在，现在却很明显，爸爸的手第一次觉察到了一些什么，尽管如此，他还是什么都没说，这个时而温和时而脾气暴躁的健壮如熊的男人。反而，他仅仅就只是帮助儿子进入浴缸，然后自己坐在了浴缸沿上。

洗完澡后，他急急忙忙地把儿子擦干，并给他穿上阿德里安妈妈准备好的、有点儿偏小的睡衣，在胸部位置还有一个都洗得褪色了的超人作为装饰。阿德里安闻到了洗衣粉的味道，觉得很安全，觉得自己很小，就是个孩子。而随后用来包裹他的床上用品，也有这种味道，孩子的味道，小的味道。他还知道爸爸在床边铺开了一张垫子，拿了

一条毯子，自己躺下。之后阿德里安又迷迷糊糊睡过去了，醒来，继续睡过去，断断续续的一觉，睡着，醒来，睡着。

当阿德里安最终醒来时，他觉得嗓子痛，而房间已经亮了，鬼知道新的一天已经开始多久了。此时，他能够看见它。

这幅画面。

这幅漂亮的画面，让人如此心伤。

一些不安和温暖流入了他的身体，就像有时他在城里听到警笛，在头脑中将救护车的行车路线改变以使它们不会去他家了一样。

这幅画面。

在他床边躺着的不仅仅是爸爸，现在躺在旁边的是他的父母，爸爸和妈妈，两个倒下的人，带他穿过了黑夜，这边是轻声地呼吸，那边是响亮地打鼾。爸爸用手臂环抱着妈妈，她穿着一件带花的睡衣，一条灰白色的腿晾在了毯子外，脚上还穿着袜子。她就是这两人中鼾声响亮的那一个。她的头发乱蓬蓬的，脸上是一张半张着的鱼形嘴，看起来绝不漂亮。

的确如此。

阿德里安知道。

从未有过，此生从未有过一次他觉得妈妈像这个早晨一样不怎么令人尴尬。

第 15 章

一切都会好起来的

    阿德里安的肺在强撑了两天之后就缴械投降了，呼吸时动静很大，并且显示出了受损的迹象。他在经历了那个最冰冷的夜晚之后，一直都在卧床，他的力气似乎在这段时间里彻彻底底地被冻结了。他时不时地尝试着起来，但双腿一直撑不起劲。

    走一步的这份勇气，都被折断了。

    常常有人坐在他床边，大多数时候是爸爸，他也就仅仅只是坐在那儿，或者给儿子喂烤面包片，或者之后，当他误以为阿德里安听不见时，就在他的笔记本电脑上写东西。阿德里安的父母推迟了两顿圣诞烤肉餐，并称反正烤鹅在非圣诞节时吃起来味道更好。这话恰恰从他喜欢美食的爸爸嘴里说出来，听起来像是编织精美的谎言，但阿德里安连嘲笑爸爸的力气都没有了。

咳嗽和发烧并非同时降临。最初是嗓子痛，然后就没法再正常吞咽了，之后才被烧得浑身发抖，此外还开始撕心裂肺般地咳嗽。

"我儿子。"爸爸总是一再这么说。

"一切都会好起来的。"妈妈一再说着，至少她尝试着这么说，但她一直都是一个蹩脚的演员，因此她的这个句子每次听起来都像个问句一样。

当所有的一切恰恰并没有好起来，阿德里安咳得越来越厉害，肋骨也越来越痛时，他们再次请来医生听诊：肺炎，胸膜炎，每日服三片药，并且再次强调一定要绝对地卧床静休！

父母再也不让他一个人待着了，这真的没有必要。阿德里安已经下定决心不再次走到外面的严寒中去，并且下定决心不让自己再受冻了。他就干脆躺在那儿咳着，房间里还轻声播放着电视节目，他

忍受着每天下午那些演技拙劣的演员，之后，每天晚上还得忍受那些来得过早的年终回顾，始终缺少了对十二月最后一周的回顾，就仿佛它不值一提一般。

他发着烧，全身发冷，出着汗，任由茶水灌入自己口中，迷迷糊糊地打着盹儿，又一再满头是汗地从睡梦中咳醒，仔细地听着在一旁的父母是怎样对于那个最寒冷的夜晚只字不提的。

以至于他几乎自己都相信了。

相信那个夜晚从未存在过。

如果除开几句套话之外，爸爸妈妈已经就另一套语言达成了共识：借助于拍打靠枕和善意眼神的语言，借助于冰凉的擦巾和热乎乎的茶的语言，借助于干涩的眼睛和父母的沉默的语言。妈妈事实上几乎什么都没说，并且当阿德里安在场时连一滴她那说来就来的眼泪都没有流下，而爸爸则至少会时不时地讲一些东西，一句半以上，阿德里安觉得爸爸由此首先是想要分散自己的注意力。

爸爸所讲的关于那个寒冷之夜的唯一一点就是，所有的一切都完全是偶然，所发生的不过就是他醒来后想要查看一下儿子的房间是否还锁着。而当他说了这话之后，他又给阿德里安喂茶，一口接一口，不让他有别的疑问。

也就没有了别的答案。

昏昏欲睡的他继续发着烧，持续了几天几夜，本来就没法提问，也没法得到答案了。他咳嗽着，什么都不知道，本来也就没法解释什么，没法后悔什么，能做的只有睡觉而已，只有疲惫而已。夜里，有时听到妈妈在哭，听到爸爸跑着穿过屋子，但他什么都没法做，能做的就只有睡觉。

令人觉得不可思议的是，几乎所有邻居都知道了阿德里安生病的事，但这之外，父母守口如瓶，除了医生之外没向任何人透露他是怎么得了肺炎的。甚至连老年女士都不知道真正发生了什么，即

使她通常情况下都能挖掘出周遭值得挖掘的信息。

　　当她在那个最冷之夜之后的第三天坐到阿德里安床边时，他立即仔细查看着她那张皱成一团的脸，以猜测她可能知道了的事情。或许她夜里就曾坐在冰箱旁直接从牛奶包装盒里喝牛奶，谁知道呢。但老年女士的脸上并没有任何迹象显示出她知道阿德里安曾坐在好莱坞秋千上快死掉的迹象，那么长时间都没有盖毯子的迹象，一点儿都没有，真的完全没有什么能让人猜测老年女士当时看到了些什么，或仅仅只是通过心灵感应获悉了点什么。

　　她抚摸着阿德里安的头，这压根儿不像她的行事风格，并问道："我们变瘦了点儿，是不是？"

　　阿德里安用一阵剧烈的咳嗽来作答，老年女士耐心地等待着，仅仅当阿德里安有时候特别大声地咳嗽时，她才会短暂地被吓一跳。他几乎受不了了，受不了这种每次咳嗽时在肋骨位置的疼痛，就像长跑时侧胸的那种刺痛感一样。他讨厌运动。

"是吗，你这样认为？"他虚弱地反问道，"是因为我正躺着。"

老年女士看着他，嘴笑成了一条线，尽管如此，她看起来却忧心忡忡。

"你照过镜子吗？"她问，声音带着让人惊讶的颤抖，"你看起来就像死了一样。"

阿德里安咳得如此剧烈，以至于都快咳吐了。当然，他照过镜子，他的脸呈现出脏兮兮的雪的颜色，呆滞的双眼下有着很重的黑眼圈，瘦骨嶙峋的脸庞，虽然他那永远不会疲惫的爸爸将烤面包干一块接一块地塞进去，但这张脸上仍然没长什么肉。阿德里安知道自己看起来是什么样子。

"别担心，"他说，"我已经注意到了，我的意思是，我仿佛已经死了。"

然后他们就这样坐着，老年女士带着呼吸声的沉默被阿德里安的咳嗽冲散成了小碎块。在一段长长的沉默之后，她在房间四下环顾。也许她已经

注意到了，房间被整理过，地毯上已经没有碎纸片了，因为她说："啊，对了，在这儿呢。在还没忘时给你，我给你带来了点东西。"

她从一个阿德里安在她那儿还从未见过的硕大挎包中，取出了一大摞不知是什么的本子，说道："给，速写本，所有的都是打折的。不要再开始说你不再画画了，否则我立马就走。"

阿德里安仅仅只是咳了一声表示感谢，但之后老年女士仍然马上就离开了，因为她还有一个预约，瑜伽之类的。但她之后又来过，有两三次坐在阿德里安床边，听着他咳。史黛拉的妈妈也来了，捎来了水果和玛芬蛋糕。蒂尔也来了，跟阿德里安同班的一个男孩，之前阿德里安从未注意过他，他是唯一一个也住在这个片区的同学。法伊特来了，只待了一小会儿。甚至塔玛几乎每天都送过来一个装着难喝的混合茶的热水壶：血红小檗、车前草、野冬苋菜，所有的都是干的，都来自格鲁吉亚。

"来，大高个小子，把它喝了，多喝点。"

塔玛每次都会待到阿德里安痛苦地喝下两整杯这种混合茶才会离开，并且在挥手告别时就会威胁说她第二天还会来。真的就是这样，她不厌其烦地一再过来，并且是一个坚定却沉默的喝茶监督者。她时不时地帮他抖抖枕头，或者打开窗户。好几天阿德里安都几乎不是一个人，这样很好，即便他是一个羸弱的主人，礼节不好，呼吸更加不好，但因为有这么多的来访者，他至少没时间去思考坐在好莱坞秋千上的那个夜晚了，那个夜晚让他感到很尴尬，并且也不想再知道什么关于当时的情况了。

而之后，恰巧是新年的前一天，阿德里安尝试着在傍晚时分去看一本漫画书，但一直就停在一页上面，清楚的只有一点：有人在敲着打开的门，也许是塔玛，那个又想给他送来闻着就让人觉得恶心的茶来折磨他的塔玛。

阿德里安向上张望，并正想说："今天就喝一

杯，可以吗？"

但是站在那儿的，却不是塔玛。

是史黛拉。

第 16 章

史黛拉来了

　　咳嗽原本是最近几天最糟糕的事情了，在胸口和肋骨的疼痛，还伴着令人尴尬的作呕和耳鸣。但现在，对于阿德里安来说，咳嗽就像一个好朋友，它恰逢时机地出现，把自己扔到他面前，扔到他和他所害怕的事情面前。因为当史黛拉站到床边，甚至比他还高的时候，他就开始咳了起来，越咳越大声，咳出了越来越多的泪水，压根儿就再也停不下来了，他暗自祈求，就这么继续下去，永远咳下去，或者至少得持续到史黛拉主动离开。

　　但不知何时，他已经把所有能咳的都咳出来了，而那个一直都带着疑惑眼神等他的史黛拉，盘腿坐到了他床边，张开了嘴，好像想要说些什么，但之后却什么都没说。她的脸庞甚至比阿德里安以

前见到的更加漂亮了。她对他报以沉默，而阿德里安也试着以沉默来回应，并担心自己此刻看起来得有多么糟糕啊：油乎乎的、过长的头发，已经被磨旧了的汗衫袖子，苍白的脸。阿德里安能够看出，史黛拉此刻必定会觉得很不舒服，她像迷失了一样在屋子里四下环顾，并喃喃自语："老年女士说了，我应该来看看你，你病得很重，是不是？"

"还好。"阿德里安一边说，一边朝天花板看去；史黛拉能做的事，他早就能做了。而此刻他最想喊的是："要是没有你，这一切都不会发生，明白吗？"他想大喊大叫，把这房子震塌。但是，他的确没有再吼叫了，他已经很久都没这样做过了。这是一段寂静的、一再被汗湿的时光，他就这么躺着，将永远就这么躺着。

"这是怎么回事啊？"史黛拉想知道，不，她一定压根儿不想知道，仅仅只是出于礼貌才这么问的，正如她也仅仅只是因为老年女士让她来才来的

一样。

"就这么就病了。"阿德里安对着这个长着张史黛拉脸的陌生人回答道,而且此时他试图让自己的回答听起来尽可能无聊。

史黛拉"嗯"了一声,就兴致勃勃地看向自己的手指甲了。

之后他们也沉默了好几轮,而这样的沉默是阿德里安根本不熟悉的。以前他们总是聊个不停,数小时、数年地聊着,如此这般,仿佛他们当时就已经料到,这些聊天得够一生所用。此刻的寂静让人难以忍受,而史黛拉也并未打算说点什么,也没有什么新一轮的咳嗽预兆。更倒霉的是,阿德里安还发现了史黛拉手指甲上的银色指甲油。他看都没看她,偏偏就问道:"你为什么把露台门给关上了?"

阿德里安立马就意识到自己提了一个多么愚蠢的——愚蠢到罕见的问题,他再也不可能提这样的问题了。虽然史黛拉显然都不知道他在说什么，但她说不定什么时候就会想起来，之后她也就会知道……

"没什么，"阿德里安急忙摆了摆手，"忘了吧。"

"为什么？你指的是什么？"史黛拉问。

"忘了吧！"

"露台门……你看到了什么……那门我还从未……奥利维亚有时会……这是怎么回事，阿德里安？"

"忘了吧！"他恶声恶气地对史黛拉说，对于一个躺在床上汗流浃背的人来说，语速有点儿快了。她也并不友好地看着他，并问道："那你借此想对我说什么呢？这里的一切都是怎么回事，怎么回事……"

阿德里安突然害怕了起来，害怕史黛拉恰好此刻会发现他那个后果严重的秘密，害怕她会满脸

嫌弃地走开，并最终离开他，比本来就已经发生的"离开"离得更远。因此，他不得不让她转移注意力，但是该怎么做呢？随后他就有了主意，闭上双眼，把所有被子都裹在身上的他就微不足道得仅剩下一个发型乱糟糟的脑袋了。他用带着一点儿冷不丁的、生气的、孩童般的抽噎声问道："是不是因为他要矮些？"

史黛拉什么都没说，但在她的目光里，冰雪碎片正在不断变大，如同漂浮在海上的一块白色的冰。

"我可以，"阿德里安继续说，"让人把我的双腿锯掉，然后我们就差不多一样高了。"

要在以前，史黛拉会翻着白眼说："让他们把你的脑袋锯掉就够啦。"

但是，那已经是过去式了。

此刻，史黛拉一言不发，仅仅只是板着脸看着他，并且在此刻能确定的就是：他们再也不可能了，再也不可能相互交谈，再也不可能一起找乐子。他们曾经在这方面都是大师，但就是再也做不到了，锯断了的双腿的笑话在过去很长一段时间都一直好用，一切都结束了。

但之后却发生了一些本该不属于这里的、有些出乎人意料的、甚至完全是新鲜的事情。这是阿德里安百分之百没料到的，它让整件事情都变得更加复杂和费解了，停下来吧，拜托，但史黛拉就是停不下来。

史黛拉。

盘着腿，就坐在他的床边。

这是阿德里安第一次看到史黛拉哭，通常情况下她顶多也就是很生气，很恼怒，会在他的书桌下面或其他藏身之处来消化她的伤心事，完全不会流眼泪。但现在她哭了，如此轻声，如此微弱，双手掩着那张哭泣的脸庞。阿德里安不知道他该做什么，此生第一次将她揽入怀中轻抚吗？并且偏偏是

在此刻？还是应该说："嘿，史黛拉，究竟发生了什么事，我能帮你吗？"

但他根本无须说任何话，史黛拉替他做了这事。她在数光年之外终于将手从脸上拿开，此刻的她原本急需一张纸巾来擦擦鼻子，她似乎隔着两个红海看着他。

"我再也受不了了。"她轻声说道。

然后她费劲地从裤兜里拿出一张皱巴巴的纸巾，大声地擤了擤鼻涕，充满疑惑地看着阿德里安。

他看向一边，不知道此刻还会发生什么，也不知道究竟现在是谁有问题，比方说史黛拉？或许几乎没有问题。

"我再也受不了了，"史黛拉重复着，"你究竟是怎么了？你都变了一个样子了，能否告诉我是怎么回事？你是……是不是……你究竟为什么不说话呀？"

阿德里安一言不发。对他提出这样的要求很残忍：要求他对她说她本来就一直知道的事情。史黛拉在不情愿地说出他听过的最可怕的事情之前，又擤了擤鼻涕。

"抱歉。"她说。

仿佛被人掐住了脖子，仿佛重物从很高的地方落下砸到了他，仿佛是比最冷的严寒还要冰冷的东西，这是他最大的恐惧，是来自四面八方又散向四面八方的打击，是死亡，是疯狂，是这个大高个赤裸裸地站在全班面前时的无处可逃，是所有能让人痛的东西。如同从世界上最高的观景台，四百七十四米的地方坠落，是他生命的最后一秒。

阿德里安紧紧闭上了眼睛，他的心，同样也尝试着闭上它的耳朵，但这没用，真该死，是谁想出的这无法闭上的双耳？

"我想要，"史黛拉说，"还是说一下塔图。我想要能给你讲讲这些，我想要你不要立刻又失

控，我想要告诉你……"

闭上耳朵。

把她的脸变小，小得像一粒葡萄干，所有的都关上，这样就不会再有话从她嘴里蹦出来了。

"……他能唱歌，该死，这就是我想要给你讲的，他在我面前唱歌，都是来自斯瓦涅季的歌曲，所有的都那么好听，那么悲伤，他根本都不了解斯瓦涅季，因为他生在德国，并且……"

"别说了，史黛拉。"阿德里安默默地乞求着，此刻再次睁开了双眼，但史黛拉似乎拼了命都要说，停不下来，究竟为何要在她已经看起来很漂亮的时候还滔滔不绝呢？

"……我喜欢那一家子人，拜托你也得喜欢他们，我还从来未经历过这样的事，你得明白，拜托你终究得明白，并且说点什么，真是的，我根本都不再知道我应该想什么了！"

泪水从史黛拉的脸颊流下，她手中紧紧攥着那张纸巾，就像阿德里安妈妈当时所做的一样。阿德里安根本没法说他有多么痛恨并且将一直痛恨这些被揉成团的纸巾，或许他的脸看起来就正是如此，揉皱了，仅仅还适合丢弃而已。但是史黛拉还没完，她说：

"你还记得我们当时是怎么按门铃的吗？那时他就已经认出我了，因为此前他见过我，并且……"

寂静，昏暗，几乎连空气都没有了。

漆黑一片。

如此寂静。

最后就只剩下消失了。他不得不蜷缩在自己的被子下面，躺在那儿，他那小小的身体，仿佛一个小小的、一把就能抓在手中的、按照他妈妈的品位而打造的球。他蜷缩在被子下，如同一个胚胎，把耳朵捂住。自由了，他终于觉得自由了。

这样躺了数小时之久。

数小时的自由，数小时的游离，数小时处于黑暗中，处于寂静中，或许在此期间他入睡了，或许他一直都是醒着的，这叫什么呢，重要的只有一点：当阿德里安的头再次离开它的藏匿地时，史黛拉已经离开了，阿德里安看着房间中空荡荡的景象咳了起来，随后就突然想到：

不是因为他矮些。

而是因为他是塔图。

他所感受到的，是悲伤，无处不在，在他的双臂，他的双腿，在他那毫无用处的心里。他所感受到的，是他最终输掉了，输掉了一切。尽管如此，他也感到了轻松，只有三四克而已，几乎无法被感知。他不知道该如何理解这种情况，史黛拉的话真的并不是能让人内心感到轻松的理由。

现在，他觉得自己必须得起来，这六天以来，如果除开如厕间歇之外，他一直都只是躺在床上。已经够了，六天已经比够了还够了。此外他感到了饥饿，都不知道自己上一次是在什么时候有过这种愿望了：吃点东西，尝点味道，咀嚼点什么，吞咽点什么。阿德里安费力地起身，经过了三次尝试才站了起来，为了之后能用他那已经没有呼吸的双腿摇摇晃晃地走出自己的房间，经过走廊进入厨房。

他全身上下。

如此疲惫。

阿德里安手摸着墙向前，直到最终可以倚靠在冰箱门上并深呼吸了，他一个人，完全只为自己而存在。他转过身，向后退了一步，打开冰箱，直接从牛奶包装盒中喝着牛奶，这是他与老年女士都有的坏习惯，而这也一直是他在夜里能想象的最能令人感到安慰的事情了。但他的胸口却有着不同的意见，它这一次从内部遭受到这种冰冷时，就开始唉声叹气了，显然一点儿也没觉得有些许安慰。

阿德里安发现了一盘油煎肉饼，就开始吃了起来。一块接着一块，嚼着，吞着，他都已经好长时

间没像此时这么爱吃东西了，上一次或许是在塔玛家，但那不算。他想哭，又想笑，眼中噙着泪，但他不知道这泪水意味着什么，是哭的泪？笑的泪？抑或二者皆有？他喝着，吃着，世界上只有他、冰箱里的光亮和什么东西已经变了样的感觉，但究竟是什么呢？直到关上冰箱门并无精打采地把额头靠在上面之后，他才听到了父母的声音。

　　他们的说话声一定是从客厅里传来的。阿德里安摇摇晃晃地走到走廊上，随即就站在那儿，为了让自己在那儿缓一缓。奇怪的是，他在床上时都根本没注意到自己已经是多么虚弱了，对此他很生气，因为他没法动了，不论是现在穿过屋子，还是穿过雪地。

　　又在那儿了。

　　他的父母。

　　客厅的门虚掩着，当阿德里安从透着亮光的门缝朝里看时，他发现父母正坐在沙发上。他们相互靠得如此紧，让阿德里安都快觉得不舒服了。妈妈啜泣着说："但是如果呢？如果他就是尝试过呢？"

爸爸用拇指轻抚着她的脸颊说道："这我不信，不知怎么的我就是不信。"

"拜托，"妈妈流着泪不客气地说，"要不然的话究竟还会是怎样的呢？文特医生专门给我们带来了宣传册！我们必须做点什么！等新年里我就打电话。"

阿德里安的爸爸此时从她身边挪开了几厘米，看着她说："现在我就跟你说一下。那小子根本不需要册子里的什么东西，什么都不需要，你听到了吗？他不需要任何心理学家，也不需要激素。他或许只需要我们别把他一个人丢下，并且自己对此也毫不知情。"

"对于你来说，一切总是那么简单，"阿德里安的妈妈责备道，"但你是不是不想去搞明白这

冰雪巨人

件事情？我们的儿子想要自杀！你明白吗？我们现在可能有的就是一个已经死掉的儿子了！倘若是真的，我们这一生都将会有一个死掉的儿子。"

就在此刻，阿德里安精疲力竭地但绝对是活生生地打开了房门，走了几步之后站在父母跟前，他正活着呢，还将活下去，带着肚子里过量的油煎肉饼和已经粘成了一缕一缕的头发活下去，没有了史黛拉，但是会活下去，这是明明白白的事。他看见父母坐在面前：妈妈哭丧着脸，爸爸脸上红得一块一块的，是干的眼泪替代品。他们坐在沙发上，如同坐在剧院大厅的第一排一样，等待着他的出场，而他就站在那儿，阿德里安·泰斯，十四岁，以前身高一米九，以前很快乐，也尽了自己最大的努力。他看着这小规模观众的眼睛，寻找着话语，却没找到，仍然寻找着，寻找着，以极其微弱的声音含混不清地说道："我并不想把自己冻死。"

"我不知道我想要什么，不知道，反正不想死。"

　　仿佛他已经为了此次登台准备了好几天，以一
个演绎得很完美的、直接在客厅地毯上上演的晕倒
结束了此次演出。先是他的眼睛撑不住了，然后，
当两眼一抹黑的时候，腿也撑不住了，他向下沉，
干脆就倒下了，蜷缩着，作为一个状况极佳的啪嗒晕
倒版本，倒在了在夜间已经被吓呆了的沙发前面。

第 17 章

神秘屋中的"尸体"

阿德里安继续在床上尽情享受他的生命，以身体完全舒展的姿势沉湎于此。甚至在新年前夜他也干脆就只那么躺在那儿随便看些电视节目，跟父母一起，他们坐在他床前的地毯上，一口香槟酒都没喝。

自从阿德里安的出场以及他那戏剧性的离场以后，他们看起来显得轻松了些。阿德里安费力挤出来的那些句子，似乎让他们得到了宽慰，或许他恰好就找到了他们一直都在等待的话。他们现在的交谈变得多了起来，甚至妈妈也变得健谈了。但他们从来没有，一次都没有问起过史黛拉，在那很令人气愤的几周都没有问起过。其间，他们也肯定注意到了，史黛拉已经放弃了作为常客的兼职，如果除开她在新年前的短暂串门之外。

阿德里安的咳嗽症状一天天慢慢减轻了，肋骨也不再疼了，他的医生在最近一次听诊之后脸上露出了几乎是满意的神情。渐渐地，阿德里安感觉到自己的力气又恢复了，只是很慢，一点儿一点儿的，但已经足够某天早上去取老年女士的一个速写本并将其带回床上了。

所有的都是打折品。

才不是呢。

它们是很贵的，他马上就看出来了，这类速写本从来都不会打折出售。但这就是老年女士的风格，生日时或其他类似的时机会递份礼物来，用以代替祝贺的话。

"不用担心，都是打折品。"

阿德里安打开了封面，用手指抚摸着第一页。纸张既细又糙，混合得正好，当手指移动到纸张中央时，他感到了信心满满，仅仅只有一两秒钟，他

对此微微地却又欣喜地感到吃惊，几乎是觉得惊喜了，因为毕竟还存在这种感觉。

然后，他就开始画了起来。随便拿了支放在床边的铅笔，肯定是件打折品，他勾了几条线，涂了几小块阴影，又加了几个点，他——正画着老年女士。

他还从未凭着脑海中的印象画过什么人，但这里的这幅画，他将会完成，哪怕会持续数月、数年之久。他画啊画，其间，小心翼翼地把老年女士放在了一边，打算画几张等待火车的悲伤面孔，因为他还没法完成那些幸福面孔的创作。借着被子上的笔记本电脑和手中的笔，他开始把那些在怒火中撕碎的画作重新组合在一起，并通过重新画那些等待火车的面孔，一张又一张，把那些已经裂成碎块的悲伤复原了出来。

每一幅画都会用很长的时间，他一天最多能完成一张，如果运气不错的话就两张。而所有的一切，所有的一切在这段时间都耗费着阿德里安的精力，铅笔在纸上摩擦时的沙沙声，成功呈现出的嘴角，白色纸张的簌簌作响，他右手下面的那些光滑的灰色区域，手指里出人意料的力气，最后还有那微小而奇怪的感觉，即某种新的东西已经开始了的感觉。

而某些东西还在继续。

二者同时存在。

然后就到了这个下午，在三圣带来了他们的祝福符号①之后的三四天，这个下午到来了，此时，阿德里安感到，不仅仅是他的铅笔应该重新学着怎么在纸上游走，而且他自己也应该学着怎么走路了。

————————

①这是德国三圣节的一个普遍习俗。在三圣节（每年的1月6日）这天，都会有人装扮成名为 Caspar、Melchior 和 Balthasar 的来朝拜诞生后的耶稣的东方三圣。这些人会唱着歌，挨家挨户在房门旁留下标志着当年年份和三圣名字的首字母，即 C、M、B，这三个字母恰好也是拉丁语"上帝保佑这家人"（Christus mansionem benedicat）的缩写，以此传递上帝的祝福和庇佑。

的确是该学的时候了。

妈妈正在工作，爸爸还有一周的假可休，还在某超市中纠结着，这可能会耗费好几个小时，因为他从来都犹豫不决。

特别是在选择肉类和甜食的时候。

阿德里安站了起来，试着走了几步，双腿一直都还很疲软，但立马就清楚了，一旦他身上不再臭烘烘的，他就立刻战胜了困难，就能重新自己站起来。

他冲了很长时间的澡，他爱这种水在头上发出的噼噼啪啪的响声，以及自己可以隐藏在这些液体栅栏格后面与世隔绝的感觉，此时他再也不必隐藏起来了，不，他再也不害怕了，将在穿好衣服之后直接看看这个世界。当之后穿上了新换的衣服后，他还在袖口处嗅了好一会儿，然后最终又习惯于走路了，穿着厚夹克和靴子，甚至戴上了条围巾，他走到了屋子前，立刻就发现——

外面正是冬天。

而冬天已经变了。

它看起来萎靡不振，棕色的雪地上露出了黄色的斑渍，这些雪硬邦邦的，某些地方都被踩得溜滑了。数月以来第一次，阿德里安喜欢上了这些雪，这些如同他自己一样受尽了折磨的雪。

空气凉凉的，但不冰了！他胸腹极度舒展，他自由了，他呼吸着，并且能够走路了，步数越来越多，整整一个小时都在这个片区穿越，不再能被伤害，充满了勇气，充满了走的能力。他没法去迎着人们的眼光，这可能还得再等等，但是他在那软弱的风中扬起了自己的脸庞，嘎吱嘎吱地滑行穿梭于时光之中。

但之后，在他已经走了很久并快要到家之后，什么东西把他引到了一个危险的方向。不知道什么东西偏偏就把他引到了神秘屋，肯定不是塔玛前几天最后一次给送来的可以治病的茶，对于那茶所谓

的疗效阿德里安也很满意。阿德里安越来越靠近这个可恨的屋子，它压根儿就没什么变化，如同挡风玻璃清洗液般的颜色与已经变得腐旧的雪倒是很相配。

只有一点不一样了：门是开着的，并且门前聚集着几个人。几个女人大声而欢快地谈天说地，也许说的是格鲁吉亚语，因为阿德里安一个字都听不懂。两个头戴灰色半圆毡帽的年纪大点的男人坐在屋前的长凳上，突然跳起来走向那群女人，在已经很热闹的谈话中插了几句，然后全都渐渐消失在了神秘屋中。当仅还有一个女的站在外面时，正在此时就发生了下面的事。她带着浓厚的口音对阿德里安说："你要一起进屋吗？我想，他们马上就要开始了。"

"那就一起吧。"

阿德里安没法再回答更多的东西，尽管如此，这个女的似乎对这句简短的答复很是满意，从下面拉着他的手，仿佛她想要像拉个小男孩一样把他拉进屋子里。而让人抓狂的是，阿德里安虽然并没有接过这只陌生的手，但仍然还是慢腾腾地跟着走进了屋子。他不知道自己为何要这么做，他什么都没想，就这么跟着走而已。当站在挤满了人的走廊，也并没有人搭理他时，他才感到了那种恐惧。

他耷拉着肩膀，觉得所有的一切又如以前一样了：没有力气，也没有病愈，一点儿也没有，有的仅仅只是恐惧而已，最大的或许是对自己的恐惧。

当过了一会儿一直都还没人注意到他，最多也就能远远地听出塔玛的声音时，他走上了楼梯。还是一直没人看他一眼，他慢慢地、一级一级地往上走，他的心跳得似乎要从里面把胸脯剁碎，但他继续走，往上走着，去往那个秘密的所在地。这些台阶上铺着一张很丑的地毯，走在上面时发出可怕的咯吱咯吱声。但下面没人关心此事，当时的情景甚至几乎是，仿佛他们所有人都在向上低语："快去

吧，小伙子，快去吧！你在等什么？"

他到了楼上，看到的仅仅是门，从一条狭窄通道左右两边分出的门，而这里所有的一切也被铺上了这种旧式地毯，红棕色，上面画着一种很难看得懂的图案。

现在他就在这个自己两个月前想在的地方了。被史黛拉首次以秘密相称的东西离他仅还有微不足道的几米之遥。阿德里安原本就不知道为何这又突然让他产生了兴趣。在卧床的那几周，他的邻居有什么东西好隐藏，它究竟是一具腐烂的尸体还是仅仅只是一个他们自己制作的怪物，这些对他而言都完全无所谓了。

几乎所有的门都关着，只有一扇门开了一条缝，透着一点儿灯光。阿德里安小心翼翼地走了过去，闭上双眼，使劲吸了一口气，再呼出，通过这条缝往房间里看：什么也没有。只有红色的灯光，只有昏暗。他又一次深呼吸，推开门，走进房间，然后……

然后，他看见了这幅景象。

红色的灯光是由一个大落地灯发出的，几盏小一点儿的灯晕染着一道微弱的黄光，此外，在某种类型的神龛里还燃着三四支蜡烛。蜡烛桌上面的墙上挂着圣人像，是阿德里安在下面厨房里已经见过的木板的放大版，只是这上面还挂着两个带着头像的银色浮雕，同样显得很神圣。在它们旁边，阿德里安发现了一幅镶嵌在金框里的画：风景画，两座巨型山，很小的房屋、塔楼。阿德里安朝着已拉上帘子的窗户看去，他看到了在小床头柜上的小葱和一个盛着灰色糊糊的碗，他看到了五斗柜上的药，一个旧的CD播放机和一个颤巍巍的蓝色木柜，他看到了在有着怪诞图案墙纸上闪烁着的灯光，然后还有这张床，一张上面铺着彩色格子花纹床上用品的病床。

而正是在这张床上躺着阿德里安见过的第二恐

怖的东西：一具结实的"尸体"，苍白的脸，白色的头发，灰色的大胡子，一动不动，硬邦邦的，闭着眼睛。而不久之后，阿德里安就看见了他见过的最恐怖的事情，他看见了他将绝不会、绝不会、绝不会忘记的东西。

这具"尸体"，他睁开了眼睛。

第 18 章

塔玛的父亲

尖叫，他们本一定会尖叫的，这具"尸体"和阿德里安。他们本一定会瞪大了双眼目不转睛地相互凝视，然后同时像在集市上坐云霄飞车的那些疯子一样大喊大叫的。但是他们并没有叫喊，一点儿声音都没发出，仅仅只是相互凝视着对方，躺着的那位眼睛黑溜溜的，脸上布满了皱纹。一个惊恐的、死气沉沉的老年男人躺在那里，他看起来跟阿德里安一样受到了惊吓。他们两个人都沉默着，沉默着，阿德里安听到下面传来的说话声和外面的汽车声，无休无止地一直这样持续着，直到时间又开始走动起来。

一声缓慢的、从那个满脸皱纹的男人嘴里发出的响亮呻吟，让人注意到了时间，这是一声让阿

德里安背上感到一阵冰凉冰凉寒意的呻吟。他还在那儿站了几秒，然后撒腿就跑，冲向房门，穿过走廊，跌跌撞撞地跑下了楼梯，与塔玛和她的男人瓦赫唐撞了个满怀。

阿德里安的脑海中翻腾着如此多的东西，他不知道自己该如何选择：是选择持续不断的惊吓和扑通直跳的心脏，选择恐惧，抑或是选择这份确凿无疑，还从来没有像此刻站在塔玛和瓦赫唐面前这么丢脸过的确凿无疑。瓦赫唐似乎想要吼他，但塔玛用一种言辞激烈的暗语将瓦赫唐斥责了一顿。她对他带着威胁口吻的厉声劝说，让他慢慢地走上楼梯离开。然后她眼冒怒火盯着阿德里安，阿德里安很恨很恨很恨自己，明白过来，什么都还远未结束。

还出现了更糟糕的事，塔玛用力把他推进厨房，按到了一把空着的椅子上，由此，他之后终于对于地狱大致得长成什么样有点儿概念了。

"地狱"看起来就如同一个满是椅子的厨房。

这里挂着圣人像，充满了责备的眼神；这里坐着塔图，他缓缓地轻抚着史黛拉的背，从上至下，从下至上，仿佛他已经在为他——阿德里安·泰斯磨着刀，这个已经在好几个地狱里住过了，但是天啊，没有在这里的地狱里住过的人。他说不出来有多少人坐在这个厨房里，太多太多了，甚至老年女士也在，显然都还没能正眼瞧上他一下。

塔玛坐到桌旁，给阿德里安端过来一个茶杯，或者更好的说法是：她把茶杯砰的一声摆到了他面前，似乎根本没有空去管茶水已经溢了出来。阿德里安将杯子从自己跟前推开，自己也不知道为何要这样做，也许是因为觉得害怕了。但塔玛一点儿也不怜悯他，将茶杯再次推到他面前，把一只手放在了杯柄上，像越桌而架的一座桥，带着比平时更重的口音说："我不知道你想要如何给我解释这个。"

阿德里安目光朝下看向那递过来的茶杯和手，

一句话都说不出来，感到了羞愧。

"你已经跟我父亲打过照面了，"塔玛继续说着，"瓦利科，我们在这里为他筹划一场跨年庆祝活动。"

新年已经过去了，阿德里安心想，沉默不语，他一直都还穿着厚夹克，戴着围巾，并且开始出汗。

"你会想，新年已经过去了，对，"塔玛说道，"也许是对的，但也不对。我们的新年要两周之后才过，旧的新年。这也许是我父亲最后一次过新年了。"

就在此时，那些坐在塔玛左右两侧、年纪较大的女人开始抚摸她的头，并说着些暗语安慰她。阿德里安心想：现在！现在干脆就起身消失好了。他正要起身就又被按了下去，因为他也有女邻座，坐在他左右两边年轻点的女人很友好却又坚决地把他摁回到座位上。

"九十年代中期我们不得不离开，"塔玛此时轻声说道，"有上千个理由逃出格鲁吉亚。那儿持续不断地有着一些动乱。但你想想，我们偏偏是因为几个疯子而从那儿出逃的。"

阿德里安此刻不知该把自己的手放到何处，就端起了其间已经不再处于塔玛手指控制下的茶杯。他喝了一口，然后又喝了一口，一边咽着这滚烫的加了过多糖的茶，一边在厨房里四下打量。史黛拉，正朝下看着，老年女士，正看向窗外，而阿德里安知道，他再也不能从这里出去了。

但是现在他能做的还有一件事：充耳不闻。百无聊赖，他看向了一边，把目光朝向那些他之前还从未见过的人。但这个做法在几秒钟后也不再奏效了，因为塔玛厉声说道："好好听我讲，大高个小子！"

他眼中的泪水蠢蠢欲动，但他不让它们流出来，不在史黛拉面前，不在这个罪魁祸首塔图面前，他用含泪的目光看向塔玛，塔玛此刻继续说

着："他在第比利斯就已经生病了，两次中风，是
我母亲照顾的他，但之后却先他而去，我姨妈就继
续照顾他，跟她的几个女儿一起。"

塔玛短暂地苦笑了一下。

"姨妈是个脾气暴躁的老女人，你也知道。她
不想知道关于斯瓦涅季的任何东西。但我们的确很
难能带上我父亲。他本不被允许待在这里的。他在
格鲁吉亚有人照顾。但之后，他们帮助我父亲学着
使用网络电话。我一表姊妹的儿子每天晚上都带着
手提电脑到他房间，然后我们就跟父亲一起聊天，
能看到他的视频。他话都说不全了，很疲倦，并且
有时还因为关节炎脸都变形了。他看起来一次比一
次还悲伤，但他不再提关于姨妈的事了。"

阿德里安喝了一口现在只还有点儿温热的茶，
发觉自己内心一直都还未痊愈，他想到了上面的那
个年老的男人，想到了那个奇怪的房间，想到了当
那个满脸皱纹的年老男人睁开双眼时他的那种惊

恐。虽说他只看了他一眼，但那画面他一辈子都忘不掉。

塔玛说："不知何时我们所有人都意识到了：必须接他过来！"

她眼中闪着坚定的光，一只手攥成了拳头。

"过了很久我们才为他搞到探亲签证，三个月的有效期，真的是好笑。瓦赫唐坐飞机去格鲁吉亚将我父亲带了回来，用轮椅和其他相关设施。他的确几乎都没法走路了。但现在他在这儿已经有三个月了。"

塔玛轻声补充道："两年了。"

然后她就沉默不言了，厨房里的所有人都鸦雀无声，而那些偶然不叫作史黛拉或者塔图或者老年女士的人都充满期望地盯着他，就仿佛他是个政客并即将进行一次大型演讲一样。

阿德里安的确有个演讲，是很短的大演讲，他语速很快地咕哝着："对不起——因为——之

前——现在我可以走了吗？"

但塔玛压根儿就没想让他走，也看不出来她究竟听没听到这个问题，她说：

"如果有人获悉了什么……你可以想象一下会发生什么。他们会说，他还是可运输的。他们会说，他在格鲁吉亚还有个女护理。"

此时，塔玛几乎是友好地看着阿德里安，他觉察到自己感觉好了那么一点点，心里变得柔软了些，温暖了些。他眼中所见只还有塔玛，她的眼睛把他抓得死死的，投下的阴影让他能够躲在后面，并且……

史黛拉，塔图。

这是他不想看到的，这最恐怖的一幕：史黛拉和塔图，他们头靠着头，她的额头靠着他的。为何阿德里安不干脆就待在塔玛的眼睛里呢？为何他非得朝右看，朝着他俩在后面靠墙坐着的地方看呢？已经很长时间不再感觉到的东西把他拽了起来，一股愤怒的力量。当他站起来时，塔玛用双手重重地打在了桌子上，连茶杯都叮当作响。

"不要出卖他，"她喊道，"这里是他还拥有的唯一的斯瓦涅季。"

阿德里安看见他们所有人都坐着。史黛拉此刻已经把额头从塔图那儿移开了，眼神空洞，摇着头。老年女士暗中看着他，肯定的。而此刻又来到厨房里的那个叫作瓦赫唐的男人，用带着毒箭的双眼要将他射杀。这个房间里的所有人都愤怒而恐惧地盯着他，就像在盯着一个正要干点被禁之事的孩子一样。阿德里安全身上下都觉得太年幼太颠倒混乱了。

他是个孩子。

其他人手握大权。

突然间，仅仅只有那么几秒钟，阿德里安觉得，别人是否对某人手握大权是由这个人自己来决定的，自己决定是否挡矛抵箭。沉默能成为权力，

一个浅浅的、恶意的微笑也能成为权力，并且权力就是，当要离开一个塞满了人的厨房时，甚至离开整个神秘屋时，都不用去说一下："别担心，我不会出卖他的。"

之后他拔腿，匆匆溜出去，跑了。如此多的东西在后面跟着他，直到已经在这个片区很深的某处：被视作出卖者的委屈，真正成为一个出卖者的愿望，狠狠伤害塔图那个傻瓜的疯狂渴望，还有对其他人的恐惧所感到的恐惧。阿德里安心想：史黛拉，快来，我俩现在散一会儿步。但没有人跟来，他仍旧是一个人。在阿德里安心里，什么都不再清晰了，什么都没有了。

第 19 章

藏匿者

他跑了两个小时，穿过这漆黑的城市，穿过这群目光呆滞的人的下班休闲时光，穿过惨淡的路灯光晕。而当他找到回家的路并站在家门口时，门恰好就在这一秒被他父母打开了。但至少他没让他们觉得担心，他只需穿着靴子夹克、戴着围巾站在他们面前，此外无须再多做其他的事情了，为此他需要做的只不过是充满生气地、未被冻坏地存在着罢了。

"嗨。"他说。

"你们。"

好就好在他们不知道他身上发生了什么。对于他们来说，他就只是儿子，一个没给父母打招呼就出了门，并活过了这个下午的儿子。他们对阿德里

安的尴尬登场一无所知，让人有点儿会觉得这事压根儿就没发生过。

"嗨。"父母齐声回答。

听起来很不自然，并且与他们一点儿都不相称，但这正是阿德里安现在所需要的，一个微笑，一声"嗨"，一句"晚饭已经好了"。这数小时，之后的这数天都是苍白的，无望的，尽管如此，他仍能够存活，这的确是件奇怪的事。只是有时他会吃一惊，并因为感到羞愧而热一阵冷一阵。每当想起史黛拉和那个花花公子时，他总会觉得心都抓紧了。但每次出现这种情况时，他都会出门，并将这种感觉用漫步的方式甩掉，或者就待在家里画画。他用黑色和灰色掩饰着那个在神秘屋中度过的无法言表的下午，他重新画了越来越多的等待火车的面孔，甚至不乏一些幸福的面孔。只是他没法再继续画老年女士了，因为她那不怀好意的眼神在脑海中挥之不去。她此刻在想什么呢？这几个月她都在想什么呢？

几天后，她来了。

阿德里安坐在地板上画画，他坐在那儿，看到老年女士从门口进来，亮红色的头发也许刚染过。她在他跟前的地毯上默不作声地坐下，先是盘腿而坐，随即又用了一种很复杂的瑜伽坐姿。他们相互沉默了一会儿，然后老年女士说道："你过去道个歉。"

阿德里安将自己的速写本放到一边，呆坐在地板上。

"我？"他说。

之后他有好一阵都不再能找到凑合着植入自己体内的语言了，继续一言不发地发呆，直到最终挤出了下面的话：

"但是我……我没有出卖那位爷爷。我压根儿就没干过这事。"

"根本与此无关，"老年女士粗暴地说，"你

让所有人都觉得害怕，这才是关键所在。有几秒钟你已经出卖了那个年迈的瓦利科。"

瓦利科，瓦利科，阿德里安心想，为何那些人都有如此奇怪的名字，为何他如此痛恨被人提醒想起那个愚蠢的突然闯入的串门，为何老年女士要用"年迈"这个词，她自己也不比他年轻多少，为什么？

为什么……

"老年女士，"他问道，"如果他们如此担心，那么，为什么之后没一个人跑来追我呢？"

"那是纯粹的劝说技巧。"老年女士摆着手回答。

"你为什么会这样想呢？"

她摇了几次头，看着他。

"我都说了，你不会做这事。我说过，对此我敢打包票。"

"但我就是……"

阿德里安咽了口气，于他而言，要磨灭所有他在前几个月自讨苦吃而产生的那些令人尴尬的回忆是不可能的。他咽了口气说："你难道忘了吗？那个英国人，与……的事？"

的确不必相信如此一个未成年人随口说的每一个"胡说八道"。

未成年人，就换个口味而言听起来真的不错，阿德里安心想，一个巨人，减了一半，缩减到了塔图的身高，成为一个未成年人。老年女士说的关于他的另一个词听起来也不错。他当时真的是这样认为的。

或许是。

老年女士吸了吸鼻涕，然后说："无论如何，随便泄露点什么东西都是不合适的。这无须我对你说。否则的话，整个关系网都将崩溃，那些本德里安尼斯人也会崩溃，瓦利科虽然已经躺着了，但谁又知道呢？你不久前让他如此受惊，也就完全够了。"

是他吓到了我，阿德里安心想。但他说出来的

只有："关系网？"

"你压根儿就不信，"老年女士说，"在这个地区住了多少格鲁吉亚人。他们中的有些人知道，当不得不小心翼翼时，当每天都不得不小心翼翼时，那是种什么样的感觉。附近的一位医生在照料这些藏匿者，时不时地会过来看看。有两三个女人在帮助塔玛进行照料，并且一直都有人会过来，来给那个老瓦利科讲讲斯瓦涅季的事。他们中的有些人还从未在那儿待过，尽管如此，还是给他讲。你看过那个房间了，一米九，那就是斯瓦涅季。这些本德里安尼斯人为他在那儿建了一个小斯瓦涅季。"

"他们本可以将那个房间守卫得更好一点儿的。"阿德里安说。

"关键不在于此，一米九。他们就只是不想要把此事四处宣扬，并不想要尽人皆知。但是，瓦利科也不应该过着监禁般的生活。"

"那为什么他们就偏偏搬进了神秘屋呢？"阿德里安想要知道。

"哎呀，因为他们需要更多的空间，他们之前住在一个很小的房子里，离这儿二十千米。然后不知是谁给他们讲了这个房子，讲了这个没人愿意要的便宜房子。我该说些什么呢？这些本德里安尼斯人虽然是因为害怕那些活人才逃亡的，但他们还从未怕过死人。他们说，我们长期跟死人一起生活，我们为何要怕死人呢？我们甚至也把他们放进我们的祷告中。"

讲到此处，老年女士两眼闪闪发光，而这让阿德里安一直都还觉得痛，他几乎都觉得自己仿佛失去了这个家里的两个人一样。老年女士能一行一行地读懂他阴暗的思想，她之后说的话都并不让他感到惊讶。她说："那些藏匿者，对，也许正因如此，我才这么喜欢待在那边。那些藏匿者总是能吸引我。他们有一些什么想法，就会继续做下去。"

　　老年女士看着阿德里安，点了点头，这才在不用双手的情况下松开了她那个复杂的瑜伽坐姿。她带着一种非同寻常的力量站起来，送给他一个难得的微笑，并说："但你就会往那方面想。你什么时候去道个歉，好吗？"

　　当她出去后，阿德里安觉得头脑中、手指上怒火直冒，他猛地扑向速写本，将它再次放到自己腿上，并开始不停歇地描绘起老年女士那张独一无二、满是皱纹、深不可测的脸来。

第 20 章

幸运使者

他们已经很长时间都没出门了，阿德里安那忧心忡忡的父母。甚至在他生病之前，他们晚上就不再去跳舞或者到朋友家串门了，这与阿德里安的愤怒有关，与妈妈的伤心有关。或许正因如此，当父母在他现身神秘屋之后的几天不确定地宣布他们周六想要出去一趟，并问他这对于他来说有没有问题时，他才会那么高兴。对于阿德里安来说，这首先就意味着，他在他父母眼中已经不再是个问题了，他已经克服了困难。

至于是不是已经克服了困难，他自己还有疑问，因为那是个巨大的困难，差不多跟老瓦利科画上的山一样大的困难。但甚至连妈妈都能将其担忧放下一阵子时，那就必须说明了点什么，就必须代

表着点什么了。周六晚上，他甚至把父母推出了房门，以防他们又有了为儿子担忧的想法。

因为这让人觉得是如此平常。

差不多如同以往一样。

在他的前半生。

而之后，当他们离开时，阿德里安的感觉与爸爸在超市肉类柜台前不得不有的那种感觉如出一辙。他就是没法决定该做什么：是看电视呢？不戴耳机听很吵的音乐呢？无视规定地坐在爸爸的书房里呢？还是画画，或者吃东西，或者干脆就仅仅是整理自己的书包？毕竟，他这周一就已经被允许进入这种真正的生活了，带着校车的味道和梳理过的头发，几乎不用卧床。

最后，他只做了这所有中很少的事情，总的来说什么都没做，没做让他自己满意的事情。当他接近晚上十一点还认为在这天最后余下的部分总还得发生点什么时，他走到了客厅窗边，朝外看向这个被一扫而空的夜晚，终于知道了该干点什么。他可以自己在外面，仿佛所有的一切都归他所有，他最愿做的就是用右手把头发抓乱，把夹克从挂钩上拽下来，然后立马从屋里跑出去。

只是当父母提前回来然后在家里找不到他时，会发生什么呢？于是，他就在那页还未画完老年女士的画纸背面写上了如下的话：

不要担心。

我已经长大了，只是需要点空气。

一会儿见。（我保证！）

然后，阿德里安就为这个夜准备就绪了，穿上了夹克和靴子，手上还拿了围巾，但出门时就只是把它塞进了夹克包里而已。很冷，一月中旬的夜晚应有的冷，但这种寒冷却是友好的。它温柔地领着他穿过了这个片区，走过了所有那些下面的窗子，跟他一样高的窗子，那些窗后的人或许已经入睡了。阿德里安问自己，此刻史黛拉在做什么呢？史

黛拉是怎么度过她的周六之夜的呢？因为他对这个答案丝毫都不感兴趣，所以就把领子竖了起来，更快地穿行于夜色中，走了如此之久，直到他把史黛拉全部呼出，并最终又变得轻松了些。他走啊走，让这个片区在自己身后，转身，又走回来，突然想起了老年女士，她一定已经躺在床上了。

"你去道个歉。"

她之前说过。

阿德里安问自己，在所有这一切发生之后，他某天会不会再次踏足神秘屋，某天能不能拼凑起足够的就只是在那儿按个门铃的勇气。或许他们都已经睡了，那些本德里安尼斯人，他们的名字他能够越说越好了，甚至在脑海中。而塔图肯定是那个唯一还醒着的人。阿德里安表现出了更坚决的态度，重重地踏步而行，因为他压根儿不想去想象那个情景。老瓦利科又如何呢？他睡得好吗？或者此刻正在他的床上翻来覆去？

　　阿德里安此刻几乎到家了，也就是说同样也几乎在神秘屋旁了。但这种情况他早已熟知，总是老一套。在新近失败了的串门之后，他明白了，从现在起得绕道避开这所房子，正如所有其他人以前做的，或许一直都还在做的那样。这样的习惯与生俱来。但是，他并未绕道而行，又有什么东西把他引向了这所房子，可能就仅仅是去看看那个老瓦利科的房间是否还亮着灯的愿望吧。

　　当他转入这条街时，瓦利科的窗子真的还亮着灯，仔细一看，不仅是那儿亮着灯，而且神秘屋临街的每一扇窗户都还亮着灯，这是整条街上最亮、最生机勃勃的房子。阿德里安甚至能听到音乐，不是特别大声，但能听得清楚，还有说话声，嘈杂而遥远。

　　"大概几点了？"

　　"午夜，大概。"

　　正如几天之前他让人把自己带到这扇房门前

一样，只不过这一次他得感谢的是一种完全不带格鲁吉亚口音的看不见的力量。阿德里安看到自己右手食指是如何紧贴着门铃危险晃动的，突然就明白了：如果现在能完成这件事，那他也将会完成生命中其他所有事情了；如果他现在按了门铃，那么也将会让其他所有的门都为他开放；如果现在道歉，那么将不会再有任何人会让他觉得生气。然后，他按下了门铃，心想：糟糕。

这是自从，唉，差不多自从周三以来最愚蠢的想法，塔图马上就会站到门口，正如那个该死的下午，那个所有一切都被毁掉的下午一样，塔玛马上就会站到门口并喊着"走开"，还带着一个很短的"e"音①。史黛拉会站在后面一直摇头，并小心翼翼地仍然注意不让冰雪女王的冰雪碎片从眼中滑落

────────────────

① "走开"在德语原文中用的是"Geh"，也可以说成是"Gehe"，这里的"e"音说的就是第二个版本。

出来。

　　阿德里安想要转身跑掉，但听见了说话声和笑声，所有的一切都越来越近，仿佛下一秒门就将打开。此时，门开了，但站在那儿的，不仅仅是塔图，也不仅仅是塔玛，站在那儿的，是住在神秘屋和格鲁吉亚的所有人。上百万人挤在走廊里，发出嘈杂声，他们笑着、聊着、咳嗽着，或者发出愤怒的声音。

　　最终他能认出某人，在很后面站着的老年女士，她正吃惊地看着他，那儿还有塔玛和瓦赫唐，为何他没立马看到他们呢？他们是这群人的一部分，看起来仿佛在争吵，瓦赫唐一再指着阿德里安的方向，骂骂咧咧地摇着头。但塔玛大声而愤怒地用格鲁吉亚语劝阻着自己的丈夫，甚至用手指相威胁。

　　这所有的一切都发生在几秒钟之内，当瓦赫唐走进了某个房间时，塔玛朝着阿德里安走来，盛装

站在他面前，并像王子对长发公主^①一样从下往上喊道："你是我们的梅克乌勒，那现在你就留神用右脚先踏进门吧。"

"我是你们的什么？"阿德里安问，这个午夜事件让他觉得越来越蹊跷，完全一头雾水。

"我们的梅克乌勒，你是……该怎么说呢……幸运使者。你主导了一整年的命运。在新年第一个按门铃的人就是梅克乌勒。"

接下来的话塔玛只是轻声在说，即使她并没有凑到阿德里安耳旁。

"你想想看，第一个人偏偏就是你。"

瓦赫唐再一次克制住了自己。

阿德里安进入走廊，问道："什么？"

"原本我们是不会做无法确保的事的。我们专

_____

①《长发公主》是迪士尼工作室出品的 3D 动画电影，"长发公主"的形象源自格林童话《莴苣姑娘》，该童话讲述了一个头发具有魔力的女孩遇见了王子，历经磨难后与王子幸福地生活在一起的故事。

门请了一位梅克乌勒，一个格鲁吉亚男人。当涉及幸福时，怎么小心都是不为过的。但他来迟了，这是他自己的错。现在你就负责着新的一年了。"

"新的一年？"阿德里安问。

"难道这么健忘吗，大高个小子？午夜刚过。我们昨天庆祝了旧的新年，我们那儿的新年，你知道的。自几分钟以前就是今天了，自几分钟以前所有的一切都是全新的了。来，进来吧，你这个幸运使者。"

阿德里安上前一步走进了屋子，几个年纪较大的女人够着他臀部区域给他送上了拥抱，并说了几句陌生而友好的话。

她们中的一位还递给他一个礼品袋，而那些还没有从走廊溜走的人都齐声喊着："快看看里面！"

阿德里安花了几秒钟的时间就发现了袋子里的糖果和橘子，然后被塔玛带进客厅。客厅很大，四周都是漆成红棕色的墙，到处都是烛光。客厅还与另一个房间相连，仅由一扇推拉门相隔，而此刻，这扇门是大大开着的。

客厅里到处都坐着人，阿德里安看见了深色眼睛的女人和长着浓眉的男人。他看见老年女士坐在沙发上，怀中抱着那个小尼诺，完全不引人注目，但眼中却闪着小小的喜悦的光。他看到圣诞树还在，听到从一台CD机里传来情意绵绵的男声音乐。那些梳着高高发髻的老女人也都在客厅，她们一再指着中央的巨型桌子说着"吃"，说着"多吃点"。阿德里安闻到了酒精味、汗味和与人纠缠不休的香水味，最后还发现了坐在靠墙两把凳子上的史黛拉和塔图，瞬间就知道了，他什么都不会吃，一点儿都不会吃！如果这两人在附近，他连哪怕极小一口都不会下咽，这是一清二楚的事！

而这张桌子看起来真的很诱人。到处都摆着盛得半满的盘子和碗，阿德里安又认出了亨卡利和

哈恰普里奶酪面包，看见了一种滑滑的绿色酱汁和肉串，很多的葱以及装着奶酪和葡萄的盘子，还有切成一半一半的、加了什么料的茄子。四下都散着核桃和馕，还有装在巨型碗里的西红柿沙拉、厚实的蛋糕和小包装的糖果。桌上到处都是盛着白葡萄酒的杯子，比他从父母那儿所知的白葡萄酒要黄得多，伏特加酒瓶四处都是，还有茶杯。童话中的天国看起来肯定差不多就是这样。

但阿德里安没法待下去了，他知道自己不属于这儿，他知道自己在这里只有在有贴身保镖的情况下才能忍受得下去。只可惜，所有能被纳入考虑的保镖人选都很忙，或者都不见了人影。不，真的，他真的没法待下去了，即便是很偶然地背负着这新年的幸福。

他一直都站着，此刻又开始移动了，开始缓慢地移向房门，如果他的双眼没再留恋那个很小的、亮着微弱灯光的侧房的话，就肯定能成功。

　　他走近了一点儿，此时才看清楚，那个房间里有张铺着格子图案床上用品的床，而在这张床上躺着老瓦利科——脸色苍白，很虚弱。不！阿德里安心想。别去打搅他，阿德里安心想。但他并不听自己的使唤，而是怀揣着一颗因羞愧而怦怦直跳的心靠近了这张床。

　　瓦利科此刻还是醒着的。当阿德里安进入房间时，他的目光变得黯淡了起来，但立即又变亮了，明亮得如同白昼，明亮得如同刚刚才开始的新年。当阿德里安坐到靠床的椅子上时，这个老人并没有对他表示欢迎，但似乎也没有表示抗议。瓦利科身上有桉树味，然后还有酒精味。他的头发是梳理过的，他穿着一件整洁的衬衫，上面加了件深色背心，这压根儿与这张病床不相配，并且让瓦利科看起来就像一个大胡子小丑一般。

　　这个老人躺在床上，几乎是坐着的，因为床的靠背被调得很高，这让瓦利科看起来如同一个正常

冰雪巨人

人一样。两人就这样一直坐着，就这样，老人静静
地看着阿德里安的脸，似乎在等待着什么，即使阿
德里安很想知道，但还是不知道他在等待着什么，
但好吧，如果非得有所等待的话。

　　无论如何时间就到了。

　　就在此刻。

　　他清了清嗓子。

　　然后开始说话了。

第21章

和瓦利科喝酒

　　说话。的确，只是如何说呢？当一直都没有说过话，当对于最重要的事情都缄默不语时，又能如何说呢？从哪儿开始呢？为何偏偏是在此刻呢？阿德里安从自己坐的地方向客厅方向看过去，正好能看到节日的片段，看到他本想要尽快忘记的片段，史黛拉——塔图，塔图——史黛拉，而就在此时，他知道了该说什么。此刻他坐在那儿，想开始说，心里想的却是：究竟该怎么说呢？

　　老瓦利科盯着他看了一会儿，之后就做了一些奇怪的事。他弯曲食指，然后像敲门一样敲着阿德里安的胳膊，虽然极轻，但敲的范围越来越广，而让人抓狂的是，这真的有用，在阿德里安身上的某处真的敞开了一扇门，耳中响着那些庆祝新年的人

远远传来的嘈杂声，阿德里安打开了话匣子，小心翼翼地、支支吾吾地说着："那时的新年前夜，在露台上。"

阿德里安咽了一口气，再次沉默了。因为这是胡闹，不能再多说了。老人压根儿对那个夜晚一无所知，几乎没有人知道，说话，说话，这纯粹是浪费时间！

但老瓦利科笑容满面地看着他，激动地点着头，并再次敲打着阿德里安的胳膊。

好吧，阿德里安心想，那就请进吧。

之后我再试试。

使出了全身的劲他才挤出了下面的话："我真的不想死，老实说，一直都不想。但之后我又想了一下，不，我现在想要死。然后我也正在死掉。没有……没有……的话，毕竟一切都不再有乐趣了……"

老瓦利科此刻拉着阿德里安的手，有点儿用

力地拍着，或许意味着：说下去，说吧，如果你喜欢自己这手的生命力的话。于是，他又打开了话匣子，于是他又开了口，说道："史……"

他说："史……"

最后还是成功了，他最后说道："我们那时还没上中学，她坐在了一把椅子上并不断笑场，以致我们一次都没成功过，就是练习这件事，我想，现在，也就是说，我，也就是说……"

之后他就像连珠炮一样地说了出来："而现在我都一直还不知道该怎么做。"

阿德里安吓了一跳，瓦赫唐进入了房间，但他只是咕哝着，之后又消失了，或许是塔玛把他稳住的。

阿德里安咽了一口气："他们所有人都想要我说点什么，但我当时想，如果我说点什么，那史黛拉就会离开，我就再也看不见她了。"

阿德里安沉默了一会儿，然后喃喃自语："因此我什么都没有说，尽管如此，所有的一切都结束

了，我看见了她，但却再也看不见她了。而最糟糕的是，这根本不算什么，只有当一个人死掉或分手了，这才算得上什么，然后才可以伤心。但在我身上，这就是不算什么，史黛拉能做她想做的事。"

从外面传来了说话声，而在这里面，在老瓦利科这里，这些声音却出人意料地响亮，就仿佛所有人都在客厅争吵一样，但是是以一种特殊而友好的方式进行着。

瓦利科指了指门，并摆了摆手，阿德里安继续讲道："唉，之后，之后我们也想要成为结拜弟兄。我知道这不行，因为史黛拉是个女孩子。但她却如此希望能结拜，然后就从厨房拿来了红酒和两个很小的酒杯。我们那时只有七八岁，我还记得，我们当时说了'永远'，正儿八经地发了誓，之后就喝了酒，后来还吐了。老年女士和所有人都几乎要疯掉了。"

当他在讲述此事时，阿德里安感到自己在微

笑，还觉察到了一些东西，原本压根儿不可能存在的东西。但当微笑时，泪水淌过他的脸颊，他很快将眼泪擦掉，然后摇了摇手："唉，我认识史黛拉已经很久了。"

但泪水停不下来，老瓦利科也注意到了，因为他从自己的被子下面取出了一张巨大的、肯定是已经用过的手帕，费劲地直起身来，然后拿着手帕在阿德里安的脸上四下挥动。

阿德里安禁不住笑了起来，瓦利科也跟着笑了。外面的人正喝着酒，庆祝着，外面放着音乐，而里面充满了笑声。如果阿德里安没在外面看到史黛拉和那个男孩的话，他本可以永远这么笑下去的，唉！立刻，他脸上的笑容消失了，他说："我一直都想着史黛拉，我不知道这是从什么时候开始的，也许是两年前吧，甚至……"

不，这让他觉得很尴尬，不是的，不是的！

但之后他仍然说着："……甚至夜里我也想

史黛拉，不知从何时就开始了，夜里一切都不一样了，我……我。"

瓦利科点着头，而阿德里安两耳通红。

"我从来都没想要告发您，老实说，我只是没法忍受那个塔图，我这段时间如此伤心，我……我。"

说吧，他心想。

说吧，他命令自己。

生命中的头一次，或许也是唯一的一次，生命中唯一一次他听到自己说着这样一句话，尽管如此，这世界也没有静止不动，当他对瓦利科说话时，外面的庆祝聚会还在继续。

阿德里安弯下身，他的头落在了瓦利科的被子上，并且就保持在那儿。所有的一切都如此沉重，又突然如此轻巧，难以置信地轻巧，因为他把它说出来了，瓦利科亲耳听到了，它此刻在世上了，在阿德里安和老瓦利科之间的这个小小的世界里。

床上用品闻起来有股洗衣粉和老年男人的混合味道。阿德里安本可以永远就这么坐着，像鸵鸟一样把头埋到被子里，但之后瓦利科使劲摇着他。而当阿德里安再次直起身来时，这个老年男人指向了在床另一边的一个小柜子。瓦利科疯狂地打着手势，让他到那儿去。尽管在柜子前放着一把椅子，阿德里安还是像上了发条一样自动坐在了床沿上，背对着客厅。这是所有位置中最好、最安全的一个了，因为这样的话他就不必再看见史黛拉和塔图。

直到现在阿德里安才看清楚了那个瓶子和两个酒杯，尽管它们肯定一直都放在柜子上；那个不显眼的瓶子有一个黑色瓶塞和一张蓝色标签，里面装着某种疑似透明的液体。

"恰恰酒！"瓦利科说，并指着那个瓶子。

"恰恰酒！"他不耐烦地重复着，将杯子朝着阿德里安的方向推了几毫米。

阿德里安明白了，即使他压根儿不想明白，

因为他真的不会！他真的不可以！但老瓦利科不依不饶，一再重复着这个奇怪的词，越来越急切地从嘴里蹦出"恰恰"，仿佛他突然想要跳起来跳舞一样。

因此，他就做了。

因此，阿德里安拧开了瓶塞，把两个杯子都倒满了酒，这就像一个杂技练习一样。因为这个老年男人在他倒酒时充满感激地轻拍着他的胳膊，这让其中一个杯子里的酒溢了出来。阿德里安自己拿一个杯子，给了瓦利科另一个外面没有湿的杯子，然后他想要抿一口，就在此时，他听出这个老年男人的气愤情绪。

"啊哈！"他喊着，几乎是咆哮着，因为这里没有鹦鹉在周围飞，那这句话肯定就是对阿德里安说的。阿德里安将酒杯从嘴边拿开，而这就足以再次让瓦利科露出微笑了。当他开始说话时，这笑容也一直停留在他脸上。他举起杯子，从嘴里涌出了上百万个词，肯定都是格鲁吉亚语，但听起来有点儿像法语，又有点儿像嗓子痛。这就像在听一首充满异域风情的曲子，只能想象它意味着一些好的东西。

瓦利科说啊说，无意间时不时地哼起了某种很熟悉的调子，并举起酒杯，似乎根本没去想过某天会再次放下杯子，或者再次使用。

此刻，终于。

瓦利科的小演讲似乎是结束了，他喊道："祝你胜利！①"然后就郑重其事地把酒杯放到嘴边，一口就干了。他喝完后看见阿德里安的酒杯都还是满的，就指了指阿德里安和他的杯子，并点了点头。阿德里安犹豫了一小会儿，因为他长这么大还没喝过这么多的酒。但之后他还是喝了，而这一口是如此地猛，以至于他完全明白自己将熬不过这一

————————
①此处原文为"Gaumartschos"，是格鲁吉亚人干杯时常用的一句祝语。

口了。嘴里烧灼着，喉咙开始燃烧，然后这燃烧的劲头同时上下乱窜，最后还是停留在了胸口。额头后面有很多热乎乎的、沉甸甸的石头筑成了巢，然后开始旋转起来，胸口很热，并且很压抑，他忍不住咳了起来，开始喷火，然后就意识到了，自己一直都还活着。

阿德里安不知道是不是酒精的缘故，但他现在更好地理解了瓦利科的指示。他为这个老年男人倒上酒，也为自己倒上，但仅仅只倒了缺少的那几厘米，然后一切又都从头开始了。老瓦利科开始唱一首长长的演讲之歌，干了杯中酒，留神看着阿德里安至少是喝了很可怜的一小口，如此这般上演了三四次。几厘米高的酒变得越来越不那么烧灼了。"祝你胜利！"喝酒，再倒上，但之后塔玛就站在了这个房间里，这个游戏也就结束了。

她手里端着一盘亨卡利，她把盘子放在那个小柜子上，并做了一些小心翼翼的事：她亲了一下父亲的额头，然后用格鲁吉亚语劝他。瓦利科进行了抗议，但不知何时就叹了一口气，最终放下了自己的杯子。

塔玛站起身，此刻也匆匆地亲吻了一下阿德里安的额头，就仿佛这是世上最普通不过的事情一样，并且挨着他坐到了床沿上。

"我不知道，"她说，"你和他做了什么，但似乎已经给他留下了非常深的印象，在这里，他不会跟每个人都喝酒的。"

阿德里安什么都说不出来，所有的一切都在他脑子里旋转着。

"你知道这是什么吗？"塔玛接着说。

阿德里安耸了耸肩，此刻真的还没法想到去开口说话。

"我们称之为'萨普拉'，是我家乡的一种饮酒仪式。本来我们今天都已经做过了，所有人一起。瓦利科是酒司令，意思就是饭桌上的主持人。

你想想看，他的床当时就摆在客厅里。之前是几个男人把床连同上面的瓦利科从上面抬下来的。嗯，瓦利科说出祝酒词，然后我们就喝了很好的格鲁吉亚葡萄酒，一直这样持续着，好几个小时呢。在说祝酒词时有个顺序，只是瓦利科每次都会改变一下。我不知道瓦利科在你这儿进行到了哪一步。"

阿德里安也不知道，即便这个老人说的是德语，他也搞不清楚。他的大脑此刻不太中用，瞪大的双眼目光呆滞。

"恰恰酒烧起来了，是不是？格鲁吉亚的伏特加，即便它压根儿就不是伏特加，我们也这么说。"

"对，"阿德里安发出了嘶哑的声音，"烧起来了。"

塔玛笑着说："那些祝酒词，瓦利科大多数时候都会从圣母开始，然后祝愿家庭和客人的家庭，之后再祝愿贵宾，再之后是亡灵和我们的祖先——

祝愿所有已经离开的人。他还会祝愿小孩以及那些在娘胎里还未出世的孩子。他祝愿格鲁吉亚，特别是斯瓦涅季，之后还会祝愿艺术、爱情和和睦的邻里关系。"

"我们应该，"阿德里安问，或者他至少尝试着问了一下，"我们应该停止了吗？"

"你现在无论如何都不能再喝了。下一次你斟满两个酒杯，但你的那杯就不用喝了。这样也是可以的。瓦利科你可以让他喝。我知道他生病了，但我们不再禁止他喝酒。那么，大高个小子，现在去吃点东西，作为梅克乌勒你必须一整年都有个清醒的头脑。"

塔玛将那个装有亨卡利的盘子放到他怀中，还对他轻声耳语了些什么，然后就走出了房间。她一出去，瓦利科就又开始说起那长长的祝酒词，一杯接一杯地干，并显然接受了阿德里安不再喝酒，只是时不时吃点亨卡利这个事实。尽管如此，阿德里

安的头都被恰恰伏特加灌到了顶部，所有的想法都横七竖八地漂浮着。瓦利科坐在床上，此刻肯定也跟阿德里安一样悲伤，也一样幸福。他同样是看不见的，同样远离他想要有的东西，远离在群山之间那逝去的时光，远离一个几乎都不会发错唑音的女孩，而最后，所有的都一样。

当瓦利科一再举杯并为所有他还遗漏了的一切祈福时，阿德里安突然明白了，所有的一切都能够好起来。

明白了他不再能被屈服。

他全身上下都感受到了瓦利科为他已经做过的并一直都还在做的事：他为阿德里安所失去的东西祝酒，"为所有已经离开的人"，他为所有还将到来的祝酒，为所有已经存在的祝酒。在所有的这几周和这几个月之后，阿德里安在他被灌了恰恰伏特加的腿上感到了勇气，这一次将会一直持续的勇气，这总还是有可能的。

　　他转身朝向客厅，看到了已经入睡的史黛拉，史黛拉·马龙，她看起来从未像现在这么漂亮过。他看到塔玛很快掠过，并知道他不用再去道歉了。他想起了什么，他想起了她之前在自己耳边说的那些话："哦，另外，"她轻声说着，"我父亲不懂德语，一个词都不懂。"但可惜她错了，因为瓦利科全部都明白，毫无疑问。他比阿德里安自己都还明白得多。阿德里安·泰斯，幸运使者和倒霉蛋，对于这个主题他不愿再说什么了。

　　在他身后，这个老年男人开始唱歌。听起来走调且特别陈旧，但会让人觉得还不错。

　　新的一年已经开始，在一月中旬，如它所是。阿德里安将迈出一步，然后再一步，他想要看看将去往何方。他一直也还可以放弃，后天，或者下个星期，或者当他年迈之时。

　　只是不能是现在。

　　无论如何都不能是现在。

第 22 章

史黛拉的练习本

寒冷持续到了三月。下了雪，化了，又下，但现在是四月了，似乎所有这些不必要的冬月都让这四月觉得很尴尬，它正在尽自己的最大努力让事情好起来。天气变得如此暖，不穿夹克也能出门了。当阿德里安站在露台门口时，他总一再看见老年女士最近这几天都坐在那个好莱坞秋千上：一个火红的点，一股香草味的烟雾，一位女士。

他本可以每次都坐到她那儿去的，但他很久很久以来都未再在露台上待过了。自从那个最冷之夜以来，去那儿对他来说就已经成了一件很恐怖的事，即便他并未真正知道怎么会这样。从那以后就不再有过最冷之夜了，外面没有，里面，在他心里也没有。这是不久前他才明白过来的。

也许有时得过了几世，过了几年或者几个月，人们才会明白这些事情，才能看清很长时间都看不清的东西。阿德里安最近才反应过来，妈妈已经从未再提起过激素治疗了，这段时间都没有，而爸爸也不再带回来那些有着等待火车的失望面孔的照片了，只有那些幸福的面孔，父母从未再对他凸起的肋骨说些什么，这数月以来仅仅只是做了他最喜欢的菜肴。

四月中旬，阿德里安最终能克制自己的这天下午到来了。他打开露台门，将一只脚踏在木地板上，瞬间就明白了，他一直害怕的不仅仅是那个最冷之夜，还有史黛拉，那个随时都可能出现在这里的史黛拉。阿德里安有几次在街上看见过她，但都仅仅是从远处，从未再像那段充满了庞然大物的时光，当他还是一米九并且是另一个人的那段时光里那样近距离看过。两个人都从衣袖里摇了摇手，加以丰富想象的话能让人想起是在挥手致意，而之

后，两人每次又都各自进入了他们的新的生活里。

阿德里安深呼吸了一口，然后缓慢地走向秋千，他看见那儿现在摆上了新的软垫，不再是带着霉味的、已经在那儿坚持了数年的那些垫子了。他坐到老年女士身旁，她仅仅只是说："只是时间问题而已。"

阿德里安笑了笑，觉得当有人说"只是时间问题而已"时，秋千都给人另一种感觉，变得不那么危及性命了。他们就只是在那儿坐了很长一段时间，荡着秋千，短的那双腿在空中晃动，而长的那双则费力地做着上抬运动，以便让秋千不会停下来。但不知何时，那双长腿主人的大腿力量也耗尽了，他刹住了秋千，老年女士像在下命令一样说道："这是迄今以来①最暖的一个春日了。"

"停！"阿德里安叫道。

---

①原文中用的是"bis dato"这一表达，其中的"dato"恰好与塔图的名字拼写一致。

"我现在的生活中不允许出现'塔图'这个词。"

之后他还说："对不起，老年女士，我就是没法喜欢这个名字。我甚至都没法大声说出他的名字。我自己知道，这个名字……并不能改变什么。没人能改变什么。"

老年女士看着他。

"我明白。"她很大度地说。

她沉默了一下，之后还说道："别担心，这样的事总是会让人觉得有点儿痛，总是这样。我们在六十年后再谈起它时，你就会觉得我说得有理了。"

阿德里安自己宁愿不去想象六十年后的老年女士，而那个秋千甚至会比现在还锈迹斑斑。他用双脚蹬了一下地面，他们又荡了起来，荡了起来，他，老年女士。这个运动和四月的温煦让他睡意朦胧，所以他吓了一跳，当老年女士突然说："你看

起来不错。"

　　阿德里安看向右下方，问道："什么？"

　　老年女士吸气，呼气，然后说："我……你……谁想得到呢？哎呀，我……"

　　阿德里安不知道老年女士想要从他身上得到什么，但她看起来有点儿像马上要犹豫着说出句道歉的话。但她再也走不到这一步了，因为突然间，毫无征兆地，一个很久都没听到过的声音在提问："这儿还有空位置吗？"

　　她站在那儿。

　　史黛拉。

　　史黛拉·马龙。

　　这个陌生的人。

　　她的头发短多了，手里提着一个塑料袋，脸上没有笑容。阿德里安想要说些什么，一句可怜的"是"肯定包含在内，但却是徒劳，这毫无意义。好在老年女士大发慈悲，指了指她那边的位置。

　　"这是什么意思？"她问，"这差不多没什么位置了吧？"

　　史黛拉坐在了秋千上，三个人沉默着，前前后后地荡着秋千，一直这么持续着，直到老年女士按捺不住宣布说："嗯，另外，我现在正在参加瑜伽老师的培训。昨天报的名。"

　　阿德里安和史黛拉异口同声地说："没事，你的确还年轻。"

　　之后，三个人继续沉默不语，只是现在这是比较好的沉默了，带着会心微笑的沉默。不知何时史黛拉停住了秋千，身体前倾，问阿德里安："你，过得好不好？"

　　阿德里安本可以就这个问题回答一长串的。他本可以讲那次艺术比赛他得了第三名，但之后他没有向任何人讲过那次奖励，连老年女士都没说过，尽管他把她的肖像画悄悄放进了那些画着等待火车面孔的画作中，而那幅画对于两种面孔来说都适

合，既适合那些失望的面孔，同样也适合那些兴高采烈的面孔。他本可以告诉史黛拉，他们在此次比赛后已经录取他参加艺术兴趣班了，并且他在那儿也认识了很友好的人。他本可以讲讲，他还两次在老瓦利科那儿坐过，不知何时他偶然知道了马龙一家周末会外出旅行。他本可以讲如此多的事情：说说他几乎不再哭了，说说他自上次量身高以来长了整整一厘米，说说他此生第一次得到了一个很糟糕的半学年成绩，而他妈妈终于有一个新的理由来为他担心了。他本可以讲，他不再照着照片画画了，而仅仅只是把他用双眼发现的东西画到纸上。他本得讲数小时之久，来让史黛拉知道他的近况，但他之后说出来的，却很简单："我查了一下，那个'地球最高者'，那个人，他在现实中其实是很矮小的。"

"啊！"她感叹着，"你终于也明白了？"

她看向那个放在自己怀中的塑料袋，越过老年

女士那两条极力向外伸展的大腿递给他，

"我差点儿就忘了，这是给你的。"

阿德里安伸手去抓那个袋子，但史黛拉飞快地又将它拿开，并说："需要五张最大的钞票。"

"好，"阿德里安说，"我把这钱带给你，在某个时候带给你。"

"那好吧，"史黛拉叹了口气，"给，不谢。"

她把袋子给了他，然后就站了起来："再见！"她说得很小声，慢慢走进了马龙家的厨房，直到阿德里安自己都不再能想象她刚刚真的就在秋千上坐过。

"那，请吧！"此时老年女士又开始说话了，"你是不是可以看看袋子里是什么呢？"

"什么？"阿德里安问。

"哦哦，当然可以。"

他朝袋子里看去，发现了一个都用得起了毛边的学生练习本，深蓝色的，有些涂鸦在上面。当他把本子拿出来时，他还发现了其他的一些东西，很小，很潦草，让他眼中充满了纯粹是过敏的泪水，花粉最终还是这样四处飘飞着。

史黛拉的笔迹。

在练习本上。

"写着什么？"老年女士不耐烦地问道。她的老花镜没在身边，或许根本就什么都看不清。

"快念一下！"

阿德里安念着："世界闻名的庞然大物之书。"之后他就不再管老年女士了，静静地翻看着练习本，心中却燃着一团火，到处都是数据和潦草的记录，到处都是画和粘贴上的照片。他开始念了起来："世界上最大的花：泰坦魔芋，产自苏门答腊岛，高度可达三米，臭气熏天。"阿德里安忍不住笑了起来，因为泰坦魔芋完全符合史黛拉的风格。他都能想象她在写下这条记录时是怎样咯咯咯

地笑着的，能想象她是怎样像第一次握笔一样用手指抓着笔写字的。而此刻，老年女士忍不住了，问道："我可以也一起乐一乐吗？"

"嗯，等等，那么……"

阿德里安翻看了一会儿几乎连最后一页都写满了的练习本，然后念道："世界上最长的堵车：在圣保罗，长达二百九十三千米。"

"还不错，"老年女士说，"但很无聊，念点别的。"

阿德里安继续翻看着练习本，仔细看着桥梁、山脉以及摩天大楼的照片，观赏着树木和塔楼的画，他翻呀翻，之后又随便念了一条记录：

"世界上最长的隧道：青函隧道，日本，长达五十三点九千米。"

"嗯，要好些了。"老年女士点点头，"除此之外还有没有什么呢？"

阿德里安在这堆庞然大物中翻寻着，这些完全只属于他，而不属于其他人，这些让他成为了这本世界闻名之书的唯一所有者。他给老年女士念了那些最大的砖桥和最长的足球加时赛，而她那贪得无厌的耳朵想要听越来越多的东西。秋千在所有那些大型的和巨型的事物之下几乎要倒塌了。是的，现在是四月，现在就已经可以不穿夹克坐在外面了，空气中有废气的味道，有春天的味道，还有冰冷的香草烟的味道。

阿德里安继续念着，念着，直到他打结了，即当念到世界上最长的地名时打结了，它同时也是有史以来最难念的名字。

"兰韦尔普尔古因……"

"老年女士，我放弃，这是威尔士的某个地方，这样对你来说够了吗？"

史黛拉特意把这个名字写得很小，这样一来她的字迹就显得更加潦草和孩子气了，但写得小也没用，这个名字一行装不下，它斜了下来，史黛拉

把最后几个字母压到了下一行的末端，并用三条线勾出来，以便谁都能看出它们是属于上面这个名字的。阿德里安心想，他自己也是这么一个人，一个越过这一行往下滑，但被其他人接住了的人。

他直挺挺地坐在那儿，现在才注意到，自己的背一点儿也不弓了，两个肩膀也放松下垂着。他感到了自己身上一些澄明的、快乐的东西。他继续念着，不时轻声地笑着，不知何时再一次注意到了那些记录上方的日期。然后就看到了一些他就是搞不懂的东西。

"你知道我就是搞不懂什么吗？"他问老年女士。

"史黛拉一直都在继续记录着，甚至当我，当，唉，你知道的，那个时候。她本可以停止写这个小本子的，但她还是继续写着，看，直到昨天！"

"我一点儿都不觉得惊讶，"老年女士不动声色地说，"她也从来都没停止过谈论你呢。有时候是些你应该会感到高兴的事。如果你听到了那些，那么你将会大吃一惊的。之后当然还有如同……的那些天。"

"明白了，"阿德里安说，"如同这里的那个时刻的那些天，十一月末，这里写着：世界上最大的傻瓜——阿德里安·泰斯。"

"可以写进去。"老年女士说。

然后她站了起来，因为她在露台木地板上发现了一处已经腐朽了的地方。而当她一边小声骂着一边跪在地板上时，阿德里安再次翻看了一遍那个练习本，从后往前，仿佛这是一本日本漫画书一样。

当他快要翻到第一页时，目光停住了，那儿写着一些他之前看漏了的东西。他本可以把这个也念给老年女士听的，因为他像个小孩子一样对此感到高兴，但之后他为自己保留了它，因为它仅仅只属于他，就如同在艺术竞赛中获得的三等奖一样，

如同他对史黛拉的思念一样，如同他的整个生命一样。他用食指仔仔细细地抚摸着这些句子，然后看向老年女士，她正巡视着露台，精力充沛地寻找着新的腐朽之处。空气软绵绵的，阿德里安忽然想到，这的确算得上点什么，故事还没有到结尾，从来就没有。

他将永远不会完全摆脱掉悲伤。

当他倒霉时。

当他走运时。

也许他这辈子都会给史黛拉讲各种事情，即使她在乌拉圭，或者在一个不久前才有人居住的星球上并且完全听不到。也许他会一直向她不停地提问，把她的回答为今后保存着，它们又不会坏掉。他将长啊长，有时候是个大傻瓜，有时候又不是。他将尝试所有的可能性，第一个尝试就是帮老年女士寻找腐朽之处。

阿德里安再次看了看练习本的那一页，万一

他自己弄错了呢？万一史黛拉在最后也写了一些别的东西呢？谁知道呢？但是，不是这样。它就在那儿。此时，老年女士看起来仿佛需要帮助一样。他会走向她，帮她寻找，并向她保证地板用左手都能修好，用左手就可以了。

事情就是这样：有时候，在那些极其艰难的时候，我们会得到一些馈赠，就是这样。从那些跟我们一起在秋千上坐过的人那里，从那些刚到这里的人那里，甚至从自己的父母那里。事情就是这样，我们被允许把自己那颗沉重而疲惫的心永远保存在某人那里，直到我们再次活过来。

阿德里安合上了练习本，站了起来。

他感到自己在发自内心地微笑。

史黛拉写的是"献给一米九"。

"致敬"。

成长的烦恼

　　自记事起，阿德里安就跟史黛拉成为了由一个
共同露台相连的邻居。史黛拉是他最好和最亲密的
朋友。他们小时候常坐在露台的秋千上听史黛拉的
外祖母讲安徒生童话，伴着软垫和热可可，在那儿
共同度过了许多美好时光。虽说阿德里安的个头一
直在往上蹿，据说会长到两米零七，但是史黛拉并

不放在心上。他的个子虽早已超过了一米九，她还是亲切地叫他"一米九"。阿德里安喜欢和史黛拉待在一起，却没有勇气告诉她自己的真实想法。之后，当塔图一家搬到对面空置已久的神秘屋之后，史黛拉与塔图来往频繁，阿德里安开始变得愤怒和反常，恶言恶语地伤害着身边所有的人。好容易鼓起勇气决定要向史黛拉袒露心迹，却遭遇了她家那扇紧锁的门。于是，在那个最寒冷的夜，他衣着单薄地坐在了露台秋千之上，任由严寒如利刃一般侵入自己的身体，任由悲伤在心中蔓延。此后，他一病不起，父母的照顾、邻居和朋友的关心，让他冰冷的心慢慢暖了起来。冬去春来，还是在那个露台秋千上，史黛拉送给了阿德里安一本自己一直都在上面做着记录的名为"世界闻名的庞然大物之书"的练习本，开始的一页上写着"献给一米九，致敬"。这让他感受到了内心久违的澄明和快乐。

本书以冬天冰雪世界为背景，以让人毛骨悚然的"神秘屋"为线索，展现了青少年在青春期情窦初开时那种单纯、美好且弥足珍贵的情感经历，以及对于爱情、友情、亲情的体验和感悟。所述故事情节并不复杂，但作者却不惜笔墨，对关键人物进行了大量细腻的心理刻画，将人物的心理活动惟妙惟肖地呈现出来；通过贯穿始终的对话描写和蒙太奇般的回忆描写，交代了与情节相关的背景信息；字里行间跃出的比喻，常常让人有眼前一亮之感，展示了作者对生活的敏锐观察力和感知力。跟随本书主人公阿德里安的视角，读者似乎也会体验到一位十四岁男孩在成长过程中的烦恼、疑惑、敏感，对自我身份的怀疑和认同，对自己心中情感的渴望，以及经历了成长阵痛之后的那份豁达和重拾的自信。

图书在版编目（CIP）数据

冰雪巨人／（德）苏珊·克莱勒著；张杨译 .—长沙：湖南少年儿童出版社，2019.11

（全球儿童文学典藏书系·国际获奖作品系列）

ISBN 978-7-5562-4768-4

Ⅰ.①冰… Ⅱ.①苏…②张… Ⅲ.①儿童小说—中篇小说—德国—现代 Ⅳ.①I516.84

中国版本图书馆 CIP 数据核字（2019）第 185545 号

Copyright text and illustrations ã 2014 by CARLSEN Verlag GmbH, Hamburg, Germany
First published in Germany under the title SCHNEERIESE
All rights reserved
Translation Rights have been negotiated by HERCULES Business & Culture GmbH

BINGXUE JUREN

冰雪巨人

总 策 划： 吴双英
责任编辑： 畅 然 周亚丽　　　　　**文字统筹：** 朱美琳
插图绘制： 小白的角　　　　　　　**装帧设计：** 陈 筠
质量总监： 阳 梅

出 版 人： 胡 坚
出版发行： 湖南少年儿童出版社
地　　址： 湖南省长沙市晚报大道 89 号　　　**邮　　编：** 410016
电　　话： 0731-82196340 82196334（销售部）
　　　　　　0731-82196313（总编室）
传　　真： 0731-82199308（销售部）
　　　　　　0731-82196330（综合管理部）

经　　销： 新华书店
常年法律顾问： 湖南云桥律师事务所 张晓军律师
印　　刷： 湖南立信彩印有限公司
开　　本： 880 mm×1230 mm　1/32
印　　张： 9.75　　　　　　　　　　**书　　号：** ISBN 978-7-5562-4768-4
版　　次： 2019 年 11 月第 1 版　　　　**印　　次：** 2019 年 11 月第 1 次印刷
定　　价： 35.00 元

版权所有 侵权必究
　　质量服务承诺：若发现缺页、错页、倒装等印装质量问题，可直接向本社调换。